O INCRÍVEL GENETICISTA CHINÊS

Angela Dutra de Menezes

O INCRÍVEL GENETICISTA CHINÊS

EDITORA RECORD
RIO DE JANEIRO • SÃO PAULO
2012

CIP-BRASIL. CATALOGAÇÃO-NA-FONTE
SINDICATO NACIONAL DOS EDITORES DE LIVROS, RJ

M51i   Menezes, Angela Dutra de, 1946-
O incrível geneticista chinês / Angela Dutra de Menezes. – Rio de Janeiro: Record, 2012.

ISBN 978-85-01-09643-2

1. Romance brasileiro. I. Título.

12-0588   CDD: 869.93
CDU: 821.134.3(81)-3

Copyright © by Angela Dutra de Menezes, 2012

Texto revisado segundo o novo Acordo Ortográfico da Língua Portuguesa.
Direitos exclusivos desta edição reservados pela
EDITORA RECORD LTDA.
Rua Argentina 171 – 20921-380 – Rio de Janeiro, RJ – Tel.: 2585-2000

Impresso no Brasil

ISBN 978-85-01-09643-2

Seja um leitor preferencial Record.
Cadastre-se e receba informações sobre nossos lançamentos e nossas promoções.

Atendimento e venda direta ao leitor:
mdireto@record.com.br ou (21) 2585-2002.

EDITORA AFILIADA

Dedicatória

Em maio de 2010, meu neto Pieter van der Wal formou-se na Escola Internacional de Budapeste. Viajei à Hungria para a cerimônia de graduação e para vê-lo ingressar na Faculdade de Biologia de uma universidade escocesa.

Ao voltar para o Brasil, li uma reportagem afirmando que as ciências biológicas determinarão o futuro. Graças à manipulação genética, a humanidade já pode sonhar que, brevemente, várias doenças ainda incuráveis deixarão de assustar. Fiquei emocionada, Pieter participará desse incrível mundo novo.

As informações da revista me fizeram pensar aonde o vaivém de genes e cromossomos nos levará. Somos biologicamente predestinados? Além das patologias, características físicas e de caráter também serão modificadas?

Assim começou a nascer O *incrível geneticista chinês*. Peço desculpas a meu neto e a seus colegas de profissão: todas as citações científicas estão erradas. Nada sei de biologia, garimpei termos no Google apenas para que o incrível doutor Wang impressionasse os leitores.

Pieter, este livro é para você. Escrevi-o para homenagear seu sucesso, sua alegria e bondade.

Impossível não dedicar O *incrível geneticista chinês* igualmente aos outros netos: minha linda Tatiana, talentosa artista plástica. O carinhoso Hugo, também universitário. Bernard e sua inteligência ágil, sua arte multifacetada. Amo todos, todos me orgulham.

Aproveito para agradecer ao amigo Aloysio Kelly, autor de um ótimo conto que influenciou o momento decisivo da vida do doutor Wang.

Netos, filhos, livros e amigos alegram a minha vida.

Angela Dutra de Menezes

Nunca conheci quem tivesse levado porrada.
Todos os meus conhecidos têm sido campeões em tudo.
"Poema em Linha Reta", Álvaro de Campos,
heterônimo de Fernando Pessoa

Reconheço: sou chatíssimo

Meu nome é Cheng. Zhan Cheng. Nasci na década de 1940, em Los Angeles, Califórnia, neto de chineses da esquecida província de Hunan. Fossem os meus avós alemães ou irlandeses, forçados pela miséria a fugir da Europa no fim do século XIX, ninguém lembraria a minha origem. Nunca, apesar das desesperadas tentativas, consegui assemelhar-me aos *ianques*. Meu cabelo, o tom da pele, os olhos puxados marcavam-me a ferro e fogo. Aos 13 anos, apelei às mechas louras. Além de ficar ridículo, passei dias escutando sermões de meu pai e de minha avó, ambos me martelando os ouvidos com as belezas da cultura milenar à qual pertenço. Eles não desconfiavam, coitados, que eu convivia com o apelido de "chino". Desagradabilíssimo. Sou mais norte-americano do que muitos *branquelos* que andam por aí, filhos de imigrantes das Américas Central e do Sul. Acreditem, existem latinos brancos, distantes dos traços indígenas. Insuportáveis, eles se misturam à massa na maior sem-cerimônia, quase ninguém desconfia de seus sangues diferentes. Detesto esta turma falsa, com o visual herdado dos colonizadores. Eu, ao menos, desconheço a humilhação de ter virado gente porque um povo mais culto encostou-se à minha praia. Mas não convenço ninguém, pois os Estados Unidos, o meu país amadíssimo, também foi colonizado. Norte-americano é *light* em relação ao tema.

Na adolescência cheguei a pensar em suicídio, não suportava a chateação dos colegas. Desisti, considerei radical. Tudo bem, defunto se decompõe e perde as características físicas. Em compensação, também perde a graça de viver e eu sou minoria, mas não sou idiota. A paixão por Li Feng — não sair, nas primeiras gerações, da *panelinha* natal, pertence ao carma dos imigrantes — contribuiu para a desistência do plano macabro. Inigualável menina, ainda hoje, lembrando-a, acomete-me uma ereção. A danada usava a mão com ágil sensualidade, quase me matou desidratado. Não me sabia capaz de produzir tanta seiva da vida, como explicava poeticamente o meu pai, sem desconfiar o quanto a andava desperdiçando nos cantos escuros da cidade. Parques, cinemas, estacionamentos, onde Li Feng desejava, eu despejava litros da tal seiva. Exagero? OK, decilitros. Mililitros? Não importa. Minha sensação igualava-se a de encher tonéis, tamanha a felicidade e o gozo.

Além da descoberta dos prazeres do sexo, também devo a Li Feng não mais eliminar gazes em qualquer hora e lugar. Aprendi tardiamente: nem tudo preconizado pelos pais e avós é verdadeiro. Os ocidentais, ela ensinou, cultivam pudores e desprezam as manifestações de desconforto gastrintestinal. Exatamente ao contrário de nós, os chineses. Ou melhor, deles, os chineses. Eu, já expliquei, sou norte-americano, apesar de, até a adolescência, padecer da deficiência social de exercitar publicamente a flatulência e a eructação.

Desde que me curei do vício de constranger as pessoas com os meus miasmas, angariei amigos. Pagando alto preço, esclareço. Prender ares insistentes em trafegar na atmosfera provoca extremo mal-estar. Se a turma do Ocidente vencesse o pudor e agisse igual a meus antepassados, talvez não existissem tantos mal-humorados. Passar horas segurando um gás teimoso, disposto a voar, assemelha-se a suplício. Imaginem, nem em banheiros públicos, se há testemunhas, permite-se a produção de ruídos. Considero este fundamentalismo intestinal um desrespeito aos direitos humanos, quem não peida nesta vida? Conheço os dois lados da história. Afirmo, sem medo de errar, que a opção oriental maltrata menos o corpo. Além do mais, *pum* encarcerado corre o risco de infiltrar na circulação, empobrecendo o oxigênio, que, misturado ao enxofre, *blá-blá-blá*... Feliz ou infelizmente, eu detenho as verdades.

Superado o problema dos flatos, formei-me em contabilidade pela sofisticadíssima Darwin University. Aborreço-me quando alguém insiste em denegri-la, não existe graduação tão qualificada. As pessoas gostam de menosprezar os outros, parece doença. Admito, a carreira não me atraía. A atividade de guarda-livros... — céus, odiava este nome, dava-me a sensação de morar numa sinagoga, pajeando uma torá; em boa hora mudaram-no para contador, conto o dinheiro dos outros, mas conto alguma coisa. Tergiverso, péssimo hábito. Voltando à história: na época não existia carreira com mais facilidade de emprego e o meu apressado filho com Li Feng anunciava o nascimento. Outro predestinado a virar "chinês", apesar de pertencer à terceira geração de verdadeiros norte-americanos. Quase um pioneiro. Como ninguém via?

Depois do primeiro herdeiro, chegaram mais quatro. A outrora cativante Li Feng transformou-se numa pessoa amorfa, enjoada, sem atrativos, especialista em reclamação. De tanto administrar as atrozes dores de cabeça, que a atacavam após o jantar, sofri severa crise de entupimento da seiva vital. Acabei no hospital. Os médicos insistiram em diagnosticar pedras nos rins, mas eu não me engano nunca. Seiva vital, se não utilizada, embaralha os chacras, estraga a felicidade, cristaliza e, finalmente, mata. Tão logo me livrei das dores atrozes, dispensei Li Feng. Agora, pulo de galho em galho. Mulher peca pela falta de originalidade. Exercitam as artes da sedução enquanto não se estabelecem numa vida masculina. Assim que se apropriam do território, arquivam a feminilidade e se transformam em mães, donas de casa, excelências da verdade, manipuladoras, consumistas ou psicopatas da limpeza. Provavelmente existem exceções, não vivi o prazer de conhecê-las. Decidi acabar os meus dias como os comecei, desperdiçando a seiva vital. Já fiz filhos suficientes. Patriotas e norte-americanos, a despeito da aparência asiática. Só não esperava a misteriosa cambalhota romântica que me colore a terceira idade. Por enquanto, estou feliz. Acho que merecia esse presente do destino, recompensa pelos sustos.

Minha vida é disciplinada. Sou vegetariano, pratico exercícios físicos, durmo e acordo cedo. Mantenho a pressão estabilizada e o peso no ponto — até onde consigo. O planeta desandou. Meu intestino funciona com a regularidade de um relógio. Como fibras e não bebo refrigerante, veneno cancerígeno da pós-modernidade. Mais dia, menos dia, matará quem o consome, não passa de química inútil, montanha de aditivos. Só não sai de circulação porque os adeptos das bebidas saudáveis também morrem. Francamente, o destino não colabora. Nós, os praticantes da rotina *bioecopurificadora*, desencarnamos tão facilmente quanto os seres poluídos. Lamentavelmente, carros na contramão não perguntam o que bebemos antes de nos transformar em paçoca. Resultado: apesar dos excessivos cuidados, acabamos tão defuntos quanto aqueles que se envenenam sem medir consequências. Claro, eu não me exponho, tento evitar a cegueira do destino. Mas, meio a contragosto, admito: a morte ceifa, a cada dia, quem necessita ceifar. Sem atentar ao cardápio.

Fora este motivo fútil, a imponderabilidade dos fatos, não entendo o motivo de as pessoas reagirem mal quando tento convencê-las das benesses de um cotidiano regrado. Há anos, antes do advento do doutor Yuan Wang, incentivei um senhor acima do peso a se exercitar. "Corra e os quilos extras sumirão", disse-lhe. Ele começou a me evitar. Na medida do possível — e o meu possível é elástico, alcança até onde eu quero — tento ajudar o próximo, mesmo que o próximo não queira a minha ajuda. Por quais motivos calaria os meus pensamentos, se detenho as respostas? Mas, reconheço, às vezes exagero. Por exemplo, na vigésima vez em que abordei o tal senhor obeso, logo após o culto dominical — descendo de chineses, mas frequento a Igreja protestante, igual a maioria dos norte-americanos —, o cidadão, suando um pré-enfarte, respondeu-me que fora ferido na Guerra do Vietnã:

— Correr, como? Uso perna mecânica, mal consigo andar. Céus, você não desiste de me perturbar, por que não vai plantar batatas?

Olhou-me com raiva e saiu capengando. Acho que capengou para me convencer. A indústria produz próteses perfeitas, ser perneta não justifica o sedentarismo. Ninguém facilita, esta é a verdade. Todos reagem mal quando confrontados com seus defeitos e incapacidades. Mas eu insisto. Aconselhar, mesmo à revelia, é o meu destino. Sei demais para permanecer em silêncio. Aliás, sei tudo.

Resumindo: a vida seguia o ritmo regulamentar, quando o doutor Yuan Wang apareceu para subverter a ordem. Tentarei contar a história na sequência cronológica. Na época, acreditei que, se ele me procurasse, escutasse os meus conselhos, nada mudaria tanto. O tempo me desmentiu, havia um destino traçado. Outro parêntese: depois do sucesso do doutor Yuan Wang, comecei a me orgulhar de meus olhos puxados e escuros cabelos lisos. Eles entraram em moda. Lembro-me de aconselhar os portadores de encaracoladas melenas louras a não modificá-las. Na adolescência, minhas mechas redundaram num fracasso inesquecível. Por causa delas e do quanto sofri, resolvi intrometer-me no penteado de conhecidos e desconhecidos. Louro é louro, preto é preto, chinês é chinês. Qualquer tentativa de disfarçar a origem é certeza de insucesso. Os ignorantes são ingratos, escutei milhares de desaforos e um cabeleireiro me ameaçou de morte. Que culpa me cabia se ninguém enxergava o óbvio? OK, não me perguntavam coisa alguma. Mas não espero, nunca esperei, solicitarem a minha opinião. Expressei-a e expresso-a claramente, *a priori*. Pertence à minha essência o impulso de avisar. Afinal, ignoro equívocos e só devo satisfações à minha onisciência.

Enfim, acompanhava o sucesso do compatriota de meus avós — atenção, nem o incrível cientista diminuíra o meu patriotismo norte-americano —, quando uma guinada na vida do doutor Wang nos colocou em rota de colisão. Ao saber por um amigo comum, Mr. Kuan Tsong, o motivo de o celebérrimo doutor Yuan Wang — assessorado por outro chinês Ph.D., o doutor Jing-Quo —, trancar-se nos laboratórios da Universidade da Califórnia, também conhecida por Ucla, decidi me esconder. Cedo ou tarde, os dois precisariam de uma cobaia humana, como Wang já precisara. E correriam em minha direção. Na juventude, esbanjamos pretensão. Mas passei dos 60, concordo com a opinião de Yuan Wang: eu sou mesmo chatíssimo. Na época, porém, discordava peremptoriamente. Achava-me bom cidadão, com elevada autoestima. Acreditava em mim, no meu gosto refinado, na minha personalidade forte, na minha sabedoria, na minha dieta, na minha rotina, nas minhas verdades, na minha vocação de admoestar gregos e troianos. Não cultivava dúvidas, não cometia enganos. Até desconfiava que, apesar da fama e riqueza, Yuan Wang me invejava. Afinal, quase ninguém exibia o meu equilíbrio físico-afetivo-emocional.

No início do século passado, um poeta da exótica língua portuguesa escreveu: "Nunca conheci quem tivesse levado porrada. Todos os meus conhecidos têm sido campeões em tudo." Lamento o meu desencontro temporal com o senhor Álvaro de Campos, autor dessa fina ironia. A maior parte da vida, acreditei-me a prova viva de que, sim, existia "quem nunca levara porrada, nunca passara ridículo," quem, realmente, sabia-se um campeão. Certamente, *ele* gostaria de *me* conhecer, sonhava sem autocensura. Melhorei com as intempéries a que assisti, mas continuo chato. Pouco, mas continuo. Por exemplo: considero Álvaro de Campos um bobo, tentou enganar o mundo assinando os trabalhos com os mais variados nomes. Desdenho omissos, entrego-o sem remorsos: trata-se do poeta Fernando Pessoa. Aposto que a maioria dos leitores ignorava esta informação. Orgulho-me da minha cultura, é imensa e variada.

Enfim, temendo a prepotência do doutor Wang — e acreditando firmemente não precisar de tratamento —, sumi do mapa. Não quis me arriscar a cair nas mãos de um biólogo maluco. Escondi-me numa discreta cidade californiana. Hoje, minha rotina é escrever. Não desconheço, porém, que escapei por deferência do próprio Yuan Wang, ele me escolheu para testemunhar a verdade. Sinto-me honrado: o mais incrível gênio dos últimos séculos confiou em meus sentidos. Agradeço-lhe muitíssimo.

Este livro narra a história do homem que mudou o mundo. Antes de me questionarem, apresento a minha metodologia de trabalho: convivência com o próprio, entrevistas de revistas e televisão, informações de cocheira repassadas pelo amigo comum, o Tsong, trabalho de campo e, finalmente, muita observação. É importante frisar que escutei várias conversas indevidas graças ao fato de dominar o mandarim, idioma de meu clã, de Yuan Wang e de Jing-Quo.

O que passo a relatar é verdade e dela dou fé. Sendo a minha verdade, gostem ou não, é também incontestável.

Gente igual a mim — cuidadosa, atenciosa, generosa em conselhos e exemplos edificantes — nunca desaparecerá.

Somos o farol do mundo. Ou, talvez, o pesadelo. Mas somos indestrutíveis, o próprio Wang afirmou em seus momentos finais.

Sejam bem-vindos, amigos, e apreciem o doutor Wang. Ele é surpreendente.

Zhan Cheng, cidadão norte-americano
Alvorecer do século XXI

O *darling* do planeta

A última descoberta científica por obra do acaso aconteceu quando o distraído cientista escocês Alexander Fleming saiu de férias, esquecendo abertas as janelas do laboratório. Ao voltar, ele encontrou as placas de cultura de *Staphylococcus aureus* cobertas de mofo. Atento, o pesquisador notou que o bolor matara as bactérias. Assim nasceu a penicilina.

Discordo de quem acredita que a penicilina é "obra do acaso". Se Fleming não fosse observador, jogaria as placas fora. Mas ele prestou atenção, ele viu. E salvou milhões de vidas. Exatamente como o doutor Yuan Wang, que, apesar de distraído, enxergava longe quando o assunto lhe interessava. Doutor Wang revirou o mundo de ponta-cabeça com sensacionais novidades. Enquanto realizava as pesquisas para a primeira descoberta mirabolante, que relatarei brevemente, ele observou comportamentos estranhos em algumas cobaias. Registrou a sua desconfiança em relação a elas, apelidou-as de ratinhos-xeretas, terminou a pesquisa que o obcecava e virou *star*. O *darling* do planeta. Durante longo tempo ocupou o posto de grande herói, o homem que levou felicidade a bilhões de infelizes excluídos.

Tão logo entendeu não existirem novidades a acrescentar ao revolucionário estudo, ele convocou o professor-doutor Jing-Quo e ambos se trancaram nos laboratórios da Universidade da Califórnia. Ao saber que os dois pretendiam desvendar o segredo dos animaizinhos diferentes, entendi a minha vulnerabilidade. Poucas semanas antes, tranquilamente, Yuan Wang me ofendera, acrescentando a meu nome o adjetivo "chato". Resolvi não pagar para ver. Após receber a notícia, desfiz-me da minha casa, despedi-me dos filhos e dei no pé, convencido de que o doutor Wang viria atrás de mim. Ele era um gênio, eu não quis bancar o tolo. Não pretendia modificar-me. Gostava do meu jeito afável e comunicativo, gostava de expressar pensamentos.

Explico melhor o meu pânico: conheço bem Yuan Wang. Ele, pessoalmente, informou-me que Jing-Quo, diretor dos laboratórios de biologia da Ucla, o ajudaria na pesquisa que tentaria decifrar a cadeia cromossômica dos ratinhos-xeretas. Pretendiam estudar-lhes o comportamento e, colhendo resultados positivos, aplicar o tratamento em humanos. Em última análise, os renomados cientistas resolveram livrar a humanidade dos chatos. Não me refiro aos *Pthirus pubis*, parasitas que se instalam onde o nome indica, enlouquecendo os hospedeiros. O foco dos sábios centrava-se no chato Pessoa Física. Ou seja: abusados, sem-limite, faladores, inconvenientes, exibidos, espalhafatosos, bonzinhos-crônicos, palpiteiros, caga-regras, hienas-gargalhantes, espaçosos, sabe-tudo, radicais político-religiosos, mentirosos patológicos, pretensiosos, vampiros emocionais, fofoqueiros, omissos, profetas do apocalipse, rancorosos, egocêntricos, repetitivos, doutrinadores etc. etc. etc. e tal.

A lista poderia se alongar até onde desejássemos, citei os espécimes mais conhecidos, detesto inconveniência. Antes de iniciar os trabalhos, os cientistas Yuan Wang e Jing-Quo declararam à imprensa que, para delimitar o imenso universo do estudo, eles determinaram que o vocábulo chato definia aqueles que, "com comportamentos invasivos e despidos de qualquer autocensura, levavam os semelhantes à loucura". Na minha ignorância biofilosófica, duvidei da correção da premissa. Talvez os chatos, inconscientemente, praticassem a chatice para testar o estoicismo alheio. Existiria neles a sincera tentativa de ajudar. Como sabemos, o sofrimento depura. Alimentei esperanças de que Yuan Wang comprovasse a minha teoria, concedendo aos abusados a aura da santidade. Naqueles idos, eu ainda acreditava que a esperança morria por último...

A bem da verdade, considerei a investigação de Yuan Wang e Jing-Quo um imenso erro. Se os chatos desaparecessem, o dia a dia cairia na pasmaceira. Muita gente boa já afirmou que a dialética entre os chatos e os não chatos pavimentou o caminho da humanidade. Chatos instigaram o pensamento, desenvolveram o altruísmo, estimularam a paciência, ensinaram autocontrole (alheio, evidentemente, chato com *pedigree* desconhece o significado da palavra *controle*). Por último, mas igualmente importante: os chatos exerceram e exercem o nobre trabalho da interação humana. Nas reuniões sociais, eles desfazem as rodinhas de conversas, obrigando os convidados a se reagruparem, estimulando a sociabilização. Resumindo: os chatos são o pêndulo do planeta. Através deles, os não chatos construíram maneiras civilizadas. Entre elas, a de não enfiar os dentes nas carótidas vizinhas por qualquer motivo fútil, primeiro e longínquo passo para o processo civilizatório, que desaguou na tecnologia cibernética. Tirar os chatos do caminho nos devolveria à barbárie. Não à toa, o grande Nietzsche — chatos adoram citações — afirmou que "uma civilização superior só pode surgir onde haja duas castas diferentes". Claro, uso Nietzsche completamente fora de contexto, as duas castas apontadas são a do trabalho forçado e a do trabalho livre. Como quase ninguém sabe Filosofia, finjo que o alemão se referia aos chatos/não chatos. Não me contestarão e a minha pseudocultura se engrandecerá. É, reconheço, às vezes sou chato em excesso. Perdão, leitores...

A realidade pura e simples é que as cabeças científicas não decifram sutilezas. O doutor Yuan Wang jamais entendeu a importância dos chatos na organização social dos não chatos: aqueles quietinhos, que vão balindo, balindo, sem incomodar ninguém. O raciocínio é simples: através de suas certezas absolutas, os chatos incentivam as ovelhinhas a decodificar o conceito da desobediência e do crescimento pessoal. Acho que compliquei o raciocínio, mudemos de assunto. O importante é que enviei dezenas de cartas ao doutor Yuan Wang apresentando o meu ponto de vista: chatos não deveriam desaparecer. Desconfio que Wang nem abriu os envelopes, nunca me escreveu uma linha. Conclui que, além de genial e pretensioso, ele esbanjava falta de educação. Afinal, as pessoas bem-nascidas sabem que correspondências merecem resposta. Mesmo que apenas protocolares. Nossa, o quanto fui arrogante, ignorante e tolo. Com um pouco de esforço, detectaria estranhezas. Tergiverso, outra vez. Vamos logo à história, que começa longe, muito longe. Exatamente na República Popular da China, há mais de quatro décadas.

Quase da minha idade, o doutor Yuan Wang, biólogo doutorado pela Universidade das Ilhas Maurício, oceano Índico, vivia mediocremente. Tanto estudo, tanto esforço, tanta luta para, aos 30 anos, voltar à terra natal e empacar no cargo de assistente do assistente do catedrático de biologia, em Pequim. Nem o consagrado título de Ph.D., obtido a duras penas enquanto driblava, simultaneamente, as estruturas proteicas das membranas e as dificuldades linguísticas — doutor Wang é autodidata em inglês — transformou-o em merecedor de alto posto na principal universidade chinesa. Para esquecer o cotidiano monótono de, todas as manhãs, bater ponto burocraticamente, como se não fosse um grande cientista, fluente em duas línguas, profundo conhecedor das cadeias de DNA, o doutor Wang decidiu pesquisar, em animais de laboratório, a participação da genética nas variações comportamentais humanas.

Tais pesquisas — pobre doutor Wang — transformaram-se na gota d'água de sua meteórica carreira acadêmica. Logo após publicar, numa revista científica internacional, um estudo provando por A + B que, quando uma superpopulação de camundongos é confinada em espaço restrito, o estresse dos cromossomos X e Y acentua as práticas homossexuais masculinas e femininas, ele e os alegres ratinhos acabaram sumariamente despejados das instalações universitárias.

That Scientific Research sequer rendeu polêmica. Um doutorando norte-americano avisou que tal investigação, meio capenga, acontecera nos anos 1960 e várias sumidades do terceiro mundo protestaram, defendendo as infelizes cobaias. Unanimemente, os professores da periferia, apoiados por algumas ONGs — transcorriam os anos 1970, estreia das ONGs histéricas —, afirmaram que, em vez de torturar os indefesos bichinhos, bastava ao doutor Wang observar as instituições penais dos países pobres onde, diuturnamente, cerca de cento e cinquenta pessoas se amontoavam num espaço concebido para apenas 45. O resultado seria exatamente igual. Povo, ciência e polícia da banda podre da Terra conheciam, há tempos, a triste realidade que Yuan Wang apregoara como grande novidade. Na época, recordo-me, senti-me realizado. As ONGs são, a princípio, a oficialização da chatice e, no *affair* Wang e seus ratinhos, elas não decepcionaram. Desempenharam brilhantemente o papel oportunista de defender o indefensável. No caso, as cobaias, em detrimento de seres humanos confinados em piores condições do que os ratos de laboratório. Reafirmo: chato de boa cepa, sólido, estruturado, não desconfia de nada, sempre se crê com a razão. Age igualzinho às antigas ONGs, patéticas em seus discursos em prol da aventurança dos minúsculos animaizinhos. Na opinião delas, os prisioneiros humanos, criados à imagem e semelhança de Deus Pai, Nosso Senhor, valiam menos do que as cobaias. Mas não vou me alongar nesse assunto. Ao contrário das ONGs, desta e de outras eras, sou chato, mas não sou burro.

Nevava na tarde em que o doutor Wang e uma caixa repleta de *Mus musculus* — vulgarmente conhecido por camundongo — se viram no olho da rua. Tudo que narrarei agora, ele mesmo relatou em várias entrevistas a jornais e revistas internacionais: *New York Times, Washington Post, Los Angeles Times, O Globo, Folha de S. Paulo, Der Spiegel, Corriere della Sera, Diário de Notícias, Le Monde, El Clarín, Pravda, Expresso, El País, The Times, Bild, Veja, El Diário*. Recorri a outros, citei de lembrança, talvez pela importância. Mas, resumindo, pesquisei na nata do jornalismo mundial. Escrevo no século XXI, para alguma coisa serve o tradutor do Google: entendo pela metade, mas entendo um pouquinho. Além do mais, mantenho um organizado arquivo. Se me pedirem provas, apresento-as na hora.

Conforme palavras do doutor Wang ao *Los Angeles Times*, naquele dia remoto, enquanto caminhava em direção ao ponto de ônibus, ele avaliou que o desastre particular não parecia tão grande. Guardara *musculus* suficientes para, sozinho, continuar pesquisando. Sua mulher, funcionária pública, garantiria o sustento doméstico, e o filho — uma felicidade, a política do único herdeiro — quase nunca abria a boca para pedir alguma coisa fora do roteiro escola-refeições-hora-de-dormir. Definitivamente, decidiu o doutor Wang já instalado no coletivo lotado, a confusão dos ratos gays revelara-se uma sorte. Mesmo que num cantinho da pequena sala de seu microapartamento, ele continuaria estudando e, um dia, surpreenderia o mundo provando algumas das teorias que lhe martelavam a cabeça. Inclusive a revolucionária tese de que um desequilibrado aminoácido sintetizador de proteínas seria o responsável pelo excesso de peso nos humanos. Consertado tal aminoácido, o inferno das anfetaminas, das dietas sem pé nem cabeça, das longas sessões de ginástica, do diabetes, da hipertensão, enfim, de um rol de doenças agravadas pelo acúmulo de gordura, simplesmente desapareceria. Então ele, Yuan Wang, glorioso salvador da sofrida metade obesa da humanidade, usufruiria em paz a sua glória e os seus bilhões de dólares. Claro, só revelaria a transcendental descoberta após pedir asilo político na América do Norte — de frustrações, bastara a dos camundongos que, pressionados pela superpopulação das gaiolas, saíram do armário.

O início das pesquisas domésticas do doutor Wang não ocorreu na tranquilidade esperada. Ming Wang, a senhora esposa, reagiu mal à promoção a exclusiva provedora do escasso conforto familiar. Após algumas discussões, o casal concordou que o renomado cientista, antes de, diariamente, dedicar-se aos estudos, prepararia o jantar, diminuindo, assim, os encargos de madame Wang. Há tempos ela se queixava da rotina sem graça: durante o dia, supervisora do inoculador de vacinas num posto de saúde a sudoeste de Pequim; à noite, mulher de um doido de pedra; *full time*, mãe de um menino que vivia no mundo da lua.

O acordo durou pouco. Empolgado com a novidade de não precisar reverenciar o relógio de ponto, o doutor Wang começou a se isolar obsessivamente sobre os ratinhos, injetando-lhes substâncias, observando-lhes o comportamento, dissecando-os atrás das moléculas, proteínas, aminoácidos e sei-lá-mais-o-quê capazes de obrigar o corpo humano a armazenar as nocivas e desagradáveis gorduras. A função de mestre-cuca caiu no esquecimento e a família jejuou alguns dias. Doutor Wang, obcecado pela pesquisa, não sentiu fome. O pequeno Wang emagreceu, mas não reclamou, e Ming Wang, exclusivamente por amor materno, voltou às obrigações gastronômicas que, convenhamos, não pareciam grande coisa. Alguns legumes e um peixe socados na panela, a família se contentava. Para o doutor Wang nem isso fazia falta, aparentemente alimentava-se de moléculas. Não interrompia os trabalhos sequer para mastigar um pedaço de nabo. Quieto no canto, o cientista não notou a falta da comida, nem o seu retorno ao fogão. No frenesi de descobrir o ocultado pelas cadeias de DNA, também não reparou no tempo passando e na mulher se ausentando além do necessário. Desconheceu que, à volta dele, uma aranha começou a tecer vigorosa teia. Abençoada, aliás. Quando ficou pronta, quase o impediu de ver o inoculador de vacinas, que Ming Wang supervisionava, morando em *sua* casa, dormindo em *sua* cama e até reclamando, sob o olhar amoroso de *sua* mulher, do cheiro dos ratos e dos produtos utilizados nas dissecações.

Na verdade — contou-me o próprio, mais tarde —, Yuan Wang não ignorou a chegada do amante da mulher, como ela avaliou. O doutor viu-o e identificou-o. Na falta de entidades divinas para agradecer a presença de um homem na casa — ciência e religião costumam se detestar —, Yuan Wang, silenciosamente, rendeu graças à competência de Ming Wang. Mulher sossega em braços ardentes e não perturba o marido. Yuan Wang sabia que desviara a libido em direção às pesquisas, na vida bastava-lhe decifrar ratinhos. Felizmente, o inoculador de vacinas ocupar-lhe-ia o posto e proporcionaria a madame Wang as necessárias horas de felicidade. Ufa...

Ming Wang, no entanto, pensou diferente. Acreditou que o marido deixara de amá-la e, rapidamente, apaixonou-se pelo inoculador. Em pouco tempo, desprezou Yuan Wang. Na opinião dela, o emérito biólogo não passava de um ser abjeto, magro, semicorcunda e com visível aberração sexual: gozava com camundongos. Na cantilena da esposa abandonada, Yuan Wang resumia-se a um completo idiota com o pomposo título de doutor em filosofia da biologia — Ph.D., para os íntimos —, diploma que não servia para nada, nem mesmo para fins higiênicos, já que a Universidade das Ilhas Maurício o concedera em papel de altíssima qualidade, incapaz de exercer as funções sórdidas destinadas aos papéis menos nobres. Realmente, o cientista sujo e envolto em teias de aranha com quem, em estado agudo de alucinação, ela casara, transformara-se num fracassado inútil.

Abro novo parêntese: critiquei madame Wang, atitude muito fácil quando os detalhes escapam. Aparentemente, faltou-lhe sensibilidade. Ela desconheceu a delicadeza de Yuan Wang, que engoliu o orgulho de macho ao assumir não dar conta de dois amores intensos: a esposa e as pesquisas. Condenei-a por conviver com a genialidade sem tentar compreendê-la. Desprezei-a pela escassez de neurônios: madame Wang ignorou, por má-fé, que a ciência e a arte são paixões avassaladoras. Depois de tudo o que aconteceu, curvo-me em mea-culpa: enquanto Yuan Wang viveu à luz dos refletores, a pobre madame Wang padeceu uma enxurrada de críticas. Eu mesmo só a entendi no final da história. Mas não quero adiantar-me.

Concordo, porém, que arte e ciência viciam. Quem nasce apaixonado por saber e por criar encontra imensas dificuldades para se relacionar com a realidade, monumental obstáculo entre um sonho e a sua concretização. Não importa a forma que o sonho pretenda tomar: quadros, livros, vacinas, esculturas, aviões, novas técnicas cirúrgicas ou uma bem-sucedida pesquisa genética. Aliás, Yuan Wang, após a fama, confessou que desde pequeno notara semelhança entre a arte e a ciência, dois espaços de pensamento aparentemente distintos, mas, na verdade, gêmeos idênticos. Escrevera em seu diário — tudo que fazia, pensava e descobria anotava meticulosamente num caderno — que a possível ligação obsessiva entre o empírico e a emoção devia-se, talvez, a um transtorno durante a captação *in situ* dos receptores de serotonina células T. Pertencia à sua lista de prioridades entender a estranha simbiose entre a criação e o conhecimento. Antes, porém, descobriria os genes da obesidade. Quem sou eu para argumentar com um doutor em biologia? Mas, ao escutar a teoria sobre a arte e a ciência, percebi o erro. Avaliei que se ambas, realmente, dependessem da serotonina, corredores de maratona encarnariam Van Goghs, usuários de antidepressivo virariam Einsteins. Também não sou artista, não sei o que eles sentem. Só que a conversa da serotonina não me cheirou bem. Inegavelmente, o milagroso doutor Wang tirava coelhos da cartola. Mas nunca esclareceu a dualidade maluca que atirou sobre a mesa, deixou-nos sem explicação. Hoje, não duvido que o doutor Wang conhecia exatamente o elo entre a emoção e a razão. Não deu tempo de explicar, largou-nos com esta lacuna.

Retomando o fio da meada. Enquanto morava em Pequim e pesquisava no canto imundo de seu apartamento, as intenções de Yuan Wang não passavam de duas: alegrar os milhões de pessoas ansiosas por vestir, com alguma dignidade, uma calça jeans e tornar-se rico, excessivamente rico, espantosamente rico. Rico o suficiente para montar um laboratório de última geração, comprar tudo que as pesquisas demandassem e, finalmente, sustentar amantes qualificados para madame Wang, merecedora de alguém melhor do que o inoculador de vacinas da zona sudoeste da capital. Sempre que pensava nisso, meu coração apertava. Coitado de Yuan Wang, um simplório, gente assim sofre demais. Mal sabia eu o que ele aprontaria. Nunca mais julgo ninguém, as aparências enganam.

Precariamente — um antigo colega o ajudava, desviando da Universidade de Pequim produtos já descartados —, Yuan Wang trabalhava dia e noite em microscópios obsoletos, reagentes reutilizados e ratos viciados em olhares oblíquos, de tanto que serviram às observações de outros cientistas. Doutor Wang, porém, tratava-os delicadamente, a despeito de notar, a cada leva de novos camundongos, que um ou outro demonstrava tendência à exibição. Eventualmente, para relaxar, perdia preciosos minutos observando os animais dinâmicos, que, aparentemente, exerciam algum tipo de influência na colônia. Iam e voltavam aflitos, movimentando os bigodes, desmanchando alguns grupos, catalisando outros. Bichinhos interessantes, definiu doutor Wang tomando a decisão de, um dia, decifrá-los.

Quando sacrificava as cobaias — com a maior dignidade, ressalto —, doutor Wang preferia começar pelo tipo saliente. Mais de uma vez sentiu as outras respirando aliviadas por se verem livres da colega xereta, que não as deixava em paz. A morte iguala os ratos tanto quanto iguala os homens. E, deles, os ratos, Yuan Wang queria apenas os cromossomos e a sequência genética, na intenção de ajudar os homens. As pesquisas, realizadas toscamente, caminhavam a passos largos. Já ultrapassara a etapa de alimentar os *musculus* com a mesma quantidade de comida. Pesá-los diariamente. Comparar a evolução de cada um. Acompanhar as diferenças sanguíneas e enzimáticas. Avaliar-lhes a reação emocional diante da ração, invenção feliz do pequeno Wang, que triturava pessoalmente, na velha máquina materna de moer carne, espinha de peixe e insetos. Com o tempo, até o inoculador de vacinas passou a contribuir para a alimentação dos ratinhos. No fim do expediente, catava no refeitório do posto de saúde migalhas que proporcionavam aroma mais agradável à ração. O doutor Wang não murmurava palavra quando o inoculador deixava no chão, perto da teia de aranha, pedacinhos de comida. Entre eles, eventualmente, tiras de macarrão de soja. Nesses dias, os bichinhos aparentavam mais felicidade e, intimamente, o cientista lamentava a gentileza do amante da esposa: o macarrão prejudicava-lhe o trabalho. Onde já se viu, suspirava, animais de laboratório se entupirem de carboidratos? Só mesmo em sua casa...

Quase cinco anos após iniciar a rotina de trabalhar no canto da sala, banhando-se eventualmente, comendo e dormindo apenas o necessário para não morrer de fome e cansaço, o doutor Yuan Wang finalmente concluiu que a acumulação de gordura devia-se a uma ruptura no cromossomo 16. Como e por que acontecia tal ruptura, ele ainda não sabia. Mas assegurara-se de que, na cadeia 16, apenas um gene danificado provocava a obesidade. Durante os estudos, todos os camundongos com sobrepeso apresentaram o mesmo problema, no mesmo local. Logo após a sensacional descoberta, doutor Wang escondeu as anotações, abandonou o casulo, cumprimentou pela primeira vez o espantado inoculador de vacina e, sob o olhar assombrado da mulher e do filho, saiu de casa. Sua intenção, que começaria a perseguir com a mesma tenacidade com que perseguira o cromossomo 16, era obter permissão das autoridades para viajar aos Estados Unidos, onde, segundo ele, tentaria um pós-doutoramento na Universidade da Califórnia. Com a voz atrofiada — passara cinco anos em completo silêncio —, explicou-se ao primeiro funcionário que o atendeu na Faculdade de Biologia da Universidade de Pequim:

— Sou Yuan Wang, doutor em Proteínas Transmembranas de Passagens Únicas. Quero viajar para a Universidade da Califórnia, preciso me atualizar.

Pigarreou, tropeçou, quase desmaiou sobre o espantado burocrata. Emitir duas frases, após o longo mutismo, custara-lhe imenso esforço. O homem sentado atrás da escrivaninha identificou imediatamente o cientista maluco que, há alguns anos, inventara uma história de ratos homossexuais e cobrira de vergonha a milenar biologia oriental. Sem se emocionar com a falta de ar do cientista, nem desconfiar da mentira, pediu-lhe alguns documentos, uma solicitação de próprio punho, além de várias cópias xerox. Carimbou tudo sem perder a pose majestática e encaminhou-o à mesa seguinte.

Tão insistente com a burocracia estatal quanto fora nas análises, Yuan Wang lutou seis meses — mesa em mesa, carimbo em carimbo, selo a selo — para receber no passaporte a permissão redentora. Quando isso aconteceu, reuniu os apontamentos, socou numa pequena mala as roupas molambentas, roubou as economias da mulher e embarcou para Los Angeles, sem se despedir da família. Limitou-se a deixar um vago bilhete, avisando que, um dia, mandaria buscá-la.

Nada é fácil na vida dos gênios ignorados. Além da tristeza pelo abandono da mulher e do filho, Yuan Wang — que escolhera Los Angeles, pois na Universidade da Califórnia, Jing-Quo, um biólogo chinês, destacava-se como importante cérebro — passou dias, semanas, meses vivendo mal, esperando uma convocação do influentíssimo compatriota, a quem solicitara audiência.

A resposta positiva de Jing-Quo chegou após quase um ano, quando o doutor Wang, para sobreviver, trabalhava clandestinamente como entregador da lavanderia de outro conterrâneo, Kuan Tsong. Aqui se estabelece a minha conexão com o doutor Wang. Estudei com Tsong. Somos ambos norte-americanos, sofremos juntos o preconceito dos colegas. A discriminação nos uniu. Confesso constrangido que, após deixarmos a *High School*, Kuan Tsong resolveu me evitar. Começara a administrar a rede de tinturarias do pai, parecia feliz entre os novos amigos brancos e protestantes. Ao receber a notícia de sua graduação em Business Administration, aproximei-me para lhe ensinar um antiquíssimo segredo chinês, que deixava o branco branquíssimo. Mina de ouro para as lavanderias. Escutando-me, Tsong riu, comentando que eu continuava "incrivelmente chato". As palavras me magoaram. Apesar do excesso de tecnologia lavatória, duvidei que Tsong conhecesse as vantagens do NaClO. Sempre desconfiei dos sabichões...

Mas frequentávamos a mesma igreja e acabamos retomando a nossa superficial amizade. Cumprimentávamo-nos amavelmente, trocávamos algumas palavras. Assim, soube que Kuan Tsong contratara um imigrante ilegal, doutor em biologia. Aliás, Tsong só descobriu o importante título acadêmico do modesto serviçal quando lhe entregou um envelope com o emblema da Ucla. No canto superior esquerdo, o nome do cientista chinês, especialista em Degradação dos Cromossomos e constantemente lembrado para receber o Prêmio Nobel. Pressionado, o empregado revelou-lhe a verdade. Convenhamos, haja distração para empregar um Ph.D. e só descobrir quando outro Ph.D. o procura. Não entendo como Tsong nunca faliu a rede de tinturarias. Achava-o um escândalo de incompetência.

Nunca lhe disse, claro. Mas avalio o tipo de empresário que ele foi. Imaginem, jamais me perguntou o que, exatamente, significava NaClO. A vocês, leitores, confesso ser, apenas, a popular água sanitária. Mas chamada de NaClO, a fórmula química, torna-se chique, quase esotérica. Palavra perfeita para se enquadrar na conversa mole do "conhecimento milenar". Tsong cobraria pequenas fortunas pelos serviços prestados. Encerro esta lenga-lenga, enfastio-me. Cada um faz o que pode e Kuan Tsong pôde pouco. Confessou-me que chegou a perder a fala ao descobrir que empregara, exercendo trabalho braçal, um doutor em proteínas e membranas. Ou algo do gênero. No dia seguinte, o idiota demitiu Yuan Wang, tratando-o formalmente de *Doc* e implorando-lhe a honra de aceitar um convite para jantar com a sua humilde família. É muita sem-vergonhice...

Ao receber o convite, Yuan Wang argumentou preferir o emprego às honrarias. Mas Tsong não cedeu. Garantiu-lhe a impossibilidade de ver circulando pela tinturaria, reles coitado, um cientista doutor. Curvou-se várias vezes, suplicante, carregado de sotaque:

— Por favor, *Doc*, por favor. Exemplo para meus filhos, por favor.

Conversar não era exatamente a especialidade de Yuan Wang. Encurralado, ele aceitou o convite. Na noite seguinte, hora aprazada, entrou numa casa cinematográfica — jardins, piscina, carros na garagem, decoração *up to date* — e descobriu, espantado, que o ex-patrão falava inglês perfeitamente, nascera na Califórnia e controlava uma cadeia de tinturaria, com lojas em vários estados norte-americanos. A cota de novidades, porém, ainda não se esgotara. Wang mal conteve o espanto ao conhecer chineses gordos. Tal detalhe só me chegou ao conhecimento quando Wang se ofereceu para curá-los da obesidade, contarei daqui a pouco. A verdade é que os dois filhos de Kuan Tsong, apesar de 100% descendentes de chineses — povo que, na opinião de Wang, raramente sofria de ruptura no cromossomo 16 —, desfilavam acima do peso. Por este motivo, acredito, Yuan Wang mal abriu a boca durante o jantar, afligindo os anfitriões. Provavelmente, a cabeça dele rodava a mil por hora, elaborando novas teorias.

Interagir socialmente provocava desconforto — eventualmente, diarreia — no doutor Wang, solitário por vocação e opção, portador de extraordinária dificuldade para sair de dentro de si mesmo, local onde, segundo a sua originalíssima lógica, existia o mundo real. Fora dele, enxergava apenas monótonas paisagens, a esposa e o filho. Estes últimos, os únicos que, talvez, entendiam-lhe a mania de dialogar com a dúvida, com as impossibilidades humanas e, finalmente, com a chance de, através de seus conhecimentos, minimizar o sofrimento alheio. Bastaria um peteleco e pronto: um reles gene, transportado de uma cadeia de DNA para outra, proporcionaria a definitiva perda de peso. Ou o fim das paralisias, da cegueira e do câncer. Yuan Wang relatou a um repórter da revista brasileira *Veja* sentir-se um semideus: a biologia manipulava o milagre. Estudar incansavelmente significava abraçar os semelhantes, protegê-los, tentar curá-los. Nessa entrevista, Wang emocionou-se às lágrimas avaliando as inesgotáveis possibilidades da ciência. Quem diria, concluiu o entrevistador ao redigir a matéria, o tímido e malvestido doutor Wang escondia uma alma de sensível humanista. Só lhe faltava escrever um livro, arrematou. Não é que Yuan Wang concordou? Na entrevista seguinte, ao jornal alemão *Bild*, ele afirmou que a ideia do livro surgira quando um rato-xereta — apelido dos animais intrometidos — quase provocara um suicídio coletivo na gaiola. *Ipsis litteris*, Wang declarou:

— Guardo um material riquíssimo, renderia ótimo ensaio. Defendo a tese de que a fímbria da realidade é o ponto onde se esbarram a arte e a ciência. Escritores enxergam com a alma. Cientistas, além das lentes dos microscópios. Ambos optamos por vasculhar os nossos ilimitados mundos internos. *Mutatis mutandis*, escrever assemelha-se à aventura de dissecar cobaias.

Pedantismo. Possivelmente Yuan Wang tendia à megalomania. Imaginem se escritores e cientistas nascem do mesmo barro. Nosso doutor extrapolou e só se salvou do ridículo porque o jornalista não investiu na *viagem literária*, insistiu para ele relatar o fim da história da quase autoimolação dos camundongos. A se crer em Yuan Wang — pessoalmente, creio —, o ar desesperado dos animaizinhos, importunados pelo intrometido, irritou-o. Aborrecido com o jeito prepotente do bicho — fuçando, impondo-se, focinhando, guinchando, enquanto os companheiros atiravam-se uns contra os outros, nitidamente tentando ceifar a própria vida —, Wang, para impedir que seus anos de estudo sumissem pelo ralo da discórdia, pegou o xereta pelo rabo e, sem cumprir o rígido ritual de respeitar a morte, cortou-lhe fora a cabeça.

Imediatamente, dissecou o decapitado para tentar descobrir se o animal escondia uma mutação, que o obrigava a ocupar mais espaço do que, normalmente, os ratos ocupam. Lera estudos relacionando genes a determinados comportamentos. Talvez, questionou-se, naquela cobaia existisse algo capaz de exterminar as teorias comportamentais freneticamente defendidas por psicólogos, psiquiatras, psicoterapeutas e outros feiticeiros da mente, inimigos ferrenhos da possibilidade de os pacientes sofrerem de disfunção genética. Tentava o doutor Wang a ideia de enterrar Freud, seus seguidores e as múltiplas gerações de mães sádicas, responsáveis diretas pelas paranoias dos pimpolhos. De quebra, ainda avalizaria cientificamente a existência do destino, conceito até então restrito à filosofia. Afinal, se está escrito nas estrelas ou no código da vida, fazer o quê?

Naquela ocasião, o doutor Wang deu o primeiro passo em direção à mais revolucionária das suas descobertas, a que o transformou em dissidente e acabou nos aproximando. Mas doutor Wang só voltou sozinho a estudar os ratinhos-xeretas anos e anos depois, quando constatou existirem no mundo pessoas aéticas, oportunistas, egoístas e incapazes de respeitar os semelhantes. Muito piores do que os chatos.

Antecipo-me à história, melhor retornarmos à casa de Kuan Tsong. Como já relatei, Yuan Wang saiu do ar durante o jantar e só voltou da estratosfera após ouvir o seu nome várias vezes repetido. Forçado pelas circunstâncias, Wang armou um desajeitado sorriso e concordou em jogar conversa fora com o arremedo de chinês que o empregara. Num raríssimo momento de esperteza, farejou que Tsong, homem hábil, poderia lhe ser útil, como realmente foi. Kuan Tsong, por sua vez, achou o doutor Wang um zero à esquerda. Implicou, principalmente, com a tímida corcunda, que emprestava ao cientista um ar de derrota inadmissível em seu círculo de amigos endinheirados. Mas insistiu em cultivar-lhe a amizade. Os dois filhos preparavam-se para cursar a universidade e alguém bem-titulado, tal e qual o antigo entregador de roupa, talvez os ajudasse. No fim da noite, eles se despediram entre promessas fraternas, segundas intenções e a garantia do tintureiro de que, tão logo o doutor Wang trabalhasse com o renomado cientista candidato ao Nobel, receberia permissão para estudar o sangue de seus herdeiros. Nenhum dos dois imaginava que, durante o jantar, haviam iniciado uma sólida e sincera amizade, que duraria a vida inteira. Sobreviveu, inclusive, à morte de Kuan Tsong.

A primeira vantagem do amigo abonado apareceu na manhã seguinte, quando Tsong permitiu ao ex-empregado permanecer no cubículo em que dormia, parte do antigo miserável salário, até o dia de visitar a Ucla. Fato ocorrido uma semana depois, momento em que, pela segunda vez, o norte-americano com cara de chinês prestou-lhe inestimável favor. Ao vê-lo pronto para saudar o honorável Jing-Quo, Tsong protestou:

— Seu terno é horrível. Sujo, vagabundo, malcortado. Os sapatos são de mendigo. Assim, nunca o receberão com as honras devidas. Vou lhe emprestar roupas decentes.

Revirou as araras da tinturaria até encontrar a fatiota perfeita. Em cinco minutos, o sempre deselegante Wang surgiu transfigurado de calça, paletó e colete *ton sur ton*, camisa e gravata de grife. Destoando, apenas os sapatos. Problema logo solucionado pelo novo patrono, que solicitou o tênis do gerente da loja e os emprestou ao doutor Wang:

— Ótimo. Muito elegante, com um toque de casualidade. Você parece o perfeito gênio excêntrico.

Yuan Wang sentiu-se ridículo na indumentária, mas, afinal, estava nos Estados Unidos, mais precisamente na Califórnia, e lhe pareceu sensato seguir o conselho de um local. De carona no carro do estranho chinês gordinho, filho de Kuan Tsong, doutor Wang chegou, enfim, ao prédio onde o colega o aguardava.

Celebridades enxergam apenas o próprio umbigo, nada mais as interessa. De Yuan Wang, Jing-Quo sabia somente a história dos ratinhos homossexuais, a recorrente fama de desequilibrado e vagas informações que, espertamente, mandara garimpar na China: tratava-se de uma nulidade. Portanto, preparou-se para um encontro rápido, onde destilaria a sua extraordinária inteligência. Apenas o tempo necessário para o coitado do Wang voltar a Pequim e comentar, com outros biólogos, o tamanho, a extensão, o peso e a importância do celebérrimo pós-doutor Jing-Quo, eterno candidato ao Prêmio Nobel de Medicina. No escritório *high tech*, ele sequer levantou quando a secretária anunciou a presença de Yuan Wang, doutor em Proteínas Transmembranas de Passagens Únicas pela Universidade das Ilhas Maurício, oceano Índico. Gestos calmos e estudados, jeito excelentíssimo, Jing-Quo continuou escrevendo debruçado sobre a escrivaninha e só largou, displicentemente, a caneta de ouro quando notou a sombra de Wang sobre o papel. Então, olhou o conterrâneo de soslaio, armando um meio sorriso. Vagarosamente, engoliu em seco e encarou mais firmemente o colega que — puta que o pariu — devia estar muitíssimo melhor de vida do que lhe disseram. Blazer, calça e gravata de grife europeia. Nos pés, o toque de classe: tênis não tão novos, detalhe que lhe sublinhava a originalidade. Jing-Quo decidiu agir cuidadosamente, sondar direitinho Wang — convenhamos, ninguém usa roupas caras à toa, o estranho visitante merecia alguma consideração.

Jing-Quo levantou, cumprimentou efusivamente Wang, convidou-o a sentar *tête-à-tête*, perto de uma janela de onde se descortinava a extraordinária vista do campus. Constrangido, Wang se encolheu na poltrona aconchegante, pensando que trabalhar em ambiente tão bonito acalmaria as cobaias. Ninguém acreditaria, ele jamais tocara no assunto. Mas descobrira que os camundongos detectavam o momento de morrer. Doía-lhe o coração. Tentava utilizar métodos indolores, distraí-los com música erudita, agilizar o trabalho de carrasco. Mas via o desespero esmigalhando-lhes os olhos. Talvez, se antes oferecesse uma esplêndida visão da natureza, o fim chegasse melhor.

Ante o alheamento de Wang, o poderoso Jing-Quo, pela primeira vez em mais de uma década, sentiu-se desconfortável. Pigarreou e mudou de posição. Alheio às emoções que causava no *superstar*, Yuan Wang continuou namorando as árvores, as flores, a relva. Subitamente, comentou:

— Tranquilizante, não, doutor Quo? Acho que as cobaias se estressam menos desfrutando tanta beleza.

A conversa seguiu nesse ritmo, meio fora de rumo. Desnorteou o sensacional especialista em Degradação dos Cromossomos. O recém-chegado quase não falava e, quando o fazia, demonstrava uma timidez humilde, não condizente com a aparência refinada e o carro. Através da secretária, telefonema em código, Jing-Quo soube que o doutor visitante desembarcara de BMW último tipo, dirigida por chinês portador de quilos extras, característica dos sedentários motoristas das estrelas, sempre a postos para atender as convocações inesperadas. Pergunta daqui, puxa de lá, Jing-Quo, finalmente, arrancou a confissão desejada. Wang descobrira algo extraordinário. Depois, fugira para os Estados Unidos com o único intuito de completar as pesquisas e criar um tratamento que revolucionaria o mundo. Visivelmente interessado, Jing-Quo curvou o corpo em direção a Wang:

— Você descobriu exatamente o quê?

Yuan Wang recusou-se a revelar o segredo, enquanto pessoalmente não terminasse as pesquisas. Faltava pouco, muito pouco. Solicitava a Jing-Quo que o indicasse a um grande laboratório farmacêutico. Não exigia nada, além de ótimas condições de trabalho. Queria dar o último passo, desvendar o motivo da ruptura de um determinado cromossomo. Em troca, o laboratório lucraria bilhões de dólares comercializando a descoberta. A ele bastariam 10%, o suficiente para torná-lo riquíssimo.

— Aliás, um canto isolado nos laboratórios da Universidade da Califórnia, infindável em recursos financeiros e camundongos, também serve. Minha única pretensão é ajudar a humanidade. Detesto burocracia. Enquanto o mundo discute se o genoma é público ou privado, quero curar um dos grandes males humanos. Claro, ficarei com uma ínfima parte do muito que meu estudo renderá. Sinceramente? Acredito que não podemos privatizar a nossa ciência. Devemos trabalhar para todos.

Desprezando a afirmativa do comunistazinho-revolução-cultural e exercitando a famosa paciência oriental, Jing-Quo decidiu movimentar as peças de um imaginário jogo de xadrez, no qual a rainha encarnava a preciosa informação defendida por Wang, que nem por um instante desconfiou da manobra. Distraído, imaginava se Jing-Quo, *expert* em Degradação dos Cromossomos, merecia a confiança de compartilhar a grande descoberta e, talvez, ajudá-lo. Afinal, ele procurava exatamente o motivo da degradação do cromossomo 16. Enquanto Jing-Quo o adulava, Wang avaliava o ambiente, concluindo que um homem tão excessivamente vaidoso, tão preocupado com a exibição de símbolos de genialidade — as paredes regurgitavam diplomas e medalhas —, colocaria a novidade no bolso e o despacharia de volta à China. O poder ainda pertencia a Jing-Quo.

A secretária entrou, instruída a anunciar o tempo esgotado:

— Hora de *Mr. Doctor* gravar o programa semanal, veiculado nos quatro cantos do mundo pela CNN.

Mas *Mr. Doctor* ignorou a secretária, a CNN e os quatro cantos do mundo. Movimentou um cavalo, na ilusão de preparar o xeque-mate:

— Nos Estados Unidos trabalhamos em equipe. Não existem cientistas isolados, cuidando da pretensa glória futura.

Yuan Wang, que não sabia jogar, nem desconfiava quando o transformavam em peão, encurralou Jing-Quo:

— Mas existem cientistas-chefes, não existem? Gostaria de ser um.

Irritado, Jing-Quo recuou, na certeza de que dobraria o compatriota — se Wang iniciara pesquisas capazes de gerar riquezas, pretendia participar. Primeira providência: mantê-lo sob as suas vistas. Sendo um trabalho idiota, do quilate da homossexualidade dos ratinhos, lhe daria um pé na bunda. Caso contrário, se aliaria a ele. O desacreditado biólogo se vestia bem demais para não guardar no bolso uma teoria revolucionária.

Como se lhe prestasse impagável favor, Jing-Quo participou a Wang que pensamentos de vanguarda mereciam o apoio da comunidade científica internacional. Portanto, na qualidade de chefe de um dos maiores centros mundiais de estudos biológicos, ele lhe oferecia um espaço nos riquíssimos laboratórios da Ucla. Em troca, Wang o ajudaria nas tentativas de decifrar o gene PRPS1, possível causa de rara surdez que afetava, principalmente, o sexo masculino. Voz e olhos baixos, quase pedindo desculpas pela sabedoria, Wang aceitou a proposta:

— Não me será difícil, este gene codifica a cadeia número um da enzima fosforribosil pirofosfato. Até onde você chegou nos testes?

Jing-Quo, que não desconfiava da atividade codificadora do gene PRPS1 e não podia adivinhar se Yuan Wang mentia para impressioná-lo, encerrou a entrevista. Levantou-se e determinou que, na manhã seguinte, Yuan Wang se apresentasse para trabalhar pontualmente às oito:

— Detesto atrasos.

Doutor Wang não se alterou:

— Durmo pouquíssimo.

Um DNA sem rumo

Em seu primeiro dia nos laboratórios de biologia da Universidade da Califórnia, Yuan Wang, extasiado, passeou entre máquinas de última geração, só conhecidas através de revistas. Diante dos microscópios eletrônicos, Wang perdeu o ar, lembrando os equipamentos pré-históricos nos quais conduzira a pesquisa doméstica. Esbarrando em material *up to date*, viveu uma epifania: quem, igual a ele, contando apenas com recursos medievais, conseguira pinçar um problema recorrente no cromossomo 16 dos obesos, não demoraria mais de um ano, se tanto, para, em local tão sofisticado, mudar definitivamente o rumo da humanidade. Durante longo tempo, tolamente acreditei que Yuan Wang não avaliava corretamente a audácia de sua descoberta. Hoje, sei que ele sabia. Assim como não ignorava que o planeta enlouqueceria com o sumiço dos gordos.

À noite, os gatos são pardos. Biólogos, também. Vestindo jalecos, eles se confundem, embora alguns detalhes denunciem a origem ou posição social. Yuan Wang passou com louvor na criteriosa observação do todo-poderoso Jing-Quo, que, após vê-lo no traje regulamentar, continuou acreditando no relativo sucesso do conterrâneo, arauto de sensacional novidade biomédica.

A elegância do doutor Wang aconteceu por obra e graça de Kuan Tsong. Ao saber que o quase Prêmio Nobel convidara o antigo empregado para trabalhar nos sofisticados laboratórios da Ucla, ele insistiu, entre rapapés, para Wang permanecer morando no cubículo:

— Será uma honra para a minha tinturaria abrigar o nobre Ph.D.

Aproveitou a ocasião e alertou o distinto hóspede sobre a necessidade de comprar roupas novas. Recusou-se a aceitar as negativas murmuradas pelo constrangido cientista. No planeta Terra, explicou-lhe, a aparência vale mais do que a refinada instrução, a boa educação e até — ora, vejam só — um caráter irrepreensível.

— No mundo que, eventualmente, o senhor visita, malvestido é sinônimo de *loser*. Quem não é magro e elegante nunca fará sucesso. Com as roupas que trouxe da China, o *Doc* acabará faxinando os laboratórios. Façamos um trato: mais tarde, na devida ocasião, cobrarei com juros. Mas, agora, não permitirei que um gênio do país de meus avós enfrente humilhações apenas por não se trajar adequadamente.

Não à toa o enérgico sino-americano controlava uma cadeia de tinturarias. Decidiu e agiu. Mais tarde relatou-me ter notado o discreto sorriso beatífico exibido por doutor Wang ao escutar a palavra "magro". Mas, naquele momento, sequer desconfiou que Wang, um amarrotado trafegando há anos-luz da estética contemporânea, arrancaria da frustração milhões de pessoas. Apenas estranhou a pergunta do biólogo, enquanto tentava acompanhar seus largos e bem-sucedidos passos:

— Quem sabe existe o gene dos elegantes? Sobrando-me tempo, investigarei...

Desatento, o patrão — ou melhor, ex-patrão —, interrompeu-o, empurrando-o para o saguão de uma loja refinada, onde lhe comprou um pequeno enxoval. Preocupou-se, principalmente, com a qualidade dos sapatos e das gravatas, detalhes que realmente apareceriam sob o longo avental. Não parou por aí: comprometeu-se a lavar as novas camisas e as duas calças. Também garantiu que, em eventos sociais, emprestaria a Wang ternos da tinturaria. Antes de o envergonhadíssimo doutor verbalizar agradecimentos, o mecenas apresentou a primeira conta pelos favores prestados:

— Por favor, não esqueça dos meus filhos. O mais velho, em fase de entrevistas, pretende cursar engenharia. Discretamente, acompanhe-o.

Desnecessário avisar que Yuan Wang esqueceu o candidato a engenheiro tão logo mergulhou na rotina do espetacular laboratório. Kuan Tsong se aborreceu. Imprensou o distraído que, desconhecido na Universidade da Califórnia, esforçou-se heroicamente para falar com alguém capaz de ajudar o jovem Tsong. Conseguiu um contato e esqueceu o assunto. Deslumbrado com o excesso de tecnologia à disposição, repetiu o comportamento de se isolar do mundo. Só voltou a lembrar dos chineses gordinhos quando lhes solicitou o sangue. Nessa altura, o rapaz, por méritos próprios, já frequentava o *College* e sentia-se gratíssimo ao suposto benfeitor. Tanto que doou o sangue num piscar de olhos.

Doutor Wang surpreendeu-se ao constatar que os jovens tintureiros apresentavam problemas no cromossomo 16. Confuso e freneticamente entusiasmado com o desconcertante achado, decidiu conferir tabelas e anotações. Absorto, nem notava Jing-Quo rondando-o, tentando decifrar-lhe o trabalho, observando-lhe as intenções no uso de reagentes e máquinas manipuladas em gozo quase orgástico. Nunca, na vida, Yuan Wang imaginara acessar tamanhas maravilhas.

Dias, semanas, meses divididos entre o socavão da tinturaria e a magnificência das instalações universitárias. Só obrigado as abandonava. Mais de uma vez, os asseclas de Jing-Quo arrastaram-no porta afora, forçando-o a voltar para casa, que todos desconheciam resumir-se a um cubículo. Imaginavam o cientista morando de acordo com o sonho americano. Belo apartamento, belo bairro, bela vizinhança. Mas, para Wang, o sonho americano resumia-se aos laboratórios. Mais que sonho, o paraíso. Nem se importaria se precisasse dormir no chão, entre as amadas cobaias, ouvindo o guinchar dos ratinhos, sentindo o hipnotizante aroma da ciência. Ele e ela, entrelaçados, um corpo uno, uma só mente. Realizado e feliz, Yuan Wang também não se incomodava em, paralelamente às próprias atividades, assessorar os acólitos de Jing-Quo na pesquisa sobre o gene PRPS1. Constrangia-o, apenas, o excesso de estudiosos atentos à batuta do mestre. Uma tarde, apesar da timidez, Wang tentou avisar a Jing-Quo que o exército de homens e mulheres, cada um esforçando-se ao máximo para provar as extraordinárias competências, dispersava o trabalho:

— Por que você, pessoalmente, não realiza o estudo? Muita gente procura pela mesma coisa, assim não se chegará a lugar nenhum. Há uma semana vi um rapaz inocular enzimas desnecessárias...

Uma confusão o interrompeu. A cobaia inoculada com a enzima desnecessária — aquela sobre a qual Wang, naquele exato momento, falava a Jing-Quo —, desandou a guinchar aflita, subindo pelas paredes da caixa, caindo, tornando a subir, gritando, gritando, gritando, num sofrimento constrangedor. Biólogos corriam para cima e para baixo, aflitos, sem entender o motivo do escândalo. As hipóteses se atropelaram: *Descontrole nos Níveis de Polinucleotídeos, Transdução com Fago Recombinante, Clivagem Espontânea com Endonucleases*. Sem dúvida, acidentes de nomes tão nobres deviam doer excessivamente. Até o sempre plácido Jing-Quo se assustou. Enquanto uma doutora, agitadíssima, procurava segurar o camundongo para verificar, *in loco*, a extensão do desastre, o discreto Yuan Wang gritou:

— Não toquem nele.

Ordenou e se encaminhou resoluto em direção à caixa 27F, onde o histórico animalzinho continuava berrando e se debatendo. A firmeza do chinês corcunda e calado, amigo de Jing-Quo, intimidou o corpo de pesquisadores, que abriram espaço à sua passagem. Sem uma palavra, Yuan Wang — que, há quase 5 metros de distância, identificara, ao lado do bichinho em transe, um exemplar dos célebres ratinhos-xeretas —, pegou o inoportuno e, num só golpe, torceu-lhe o pescoço. Livre do misterioso companheiro, o nervoso *M. musculus* calou-se e acalmou-se. Minutos após, jogou-se sonolento num cantinho da caixa. Exausto. Mal abria os olhos. O próprio Wang impediu que a cientista exibida o examinasse:

— Deixe-o descansar, ele acordará normal.

Um silêncio sepulcral desceu sobre o laboratório, ninguém entendeu nada. Nem Jing-Quo, que, para não perder a autoridade, despachou os auxiliares às respectivas funções e, alto e bom som, convocou Wang para uma conversa:

— Imediatamente, na minha sala.

Saiu marchando firme, a cabeça levantada. Wang seguiu-o com o ratinho morto escondido no jaleco. Sozinhos, porta trancada, Jing-Quo despejou sua raiva:

— O que aconteceu? Por que motivo você matou, sem nenhuma ética, um dos animais? Qual o motivo deste péssimo exemplo aos meus alunos? Um laboratório norte-americano não funciona sob as leis da barbárie.

Surpreendendo Jing-Quo — que espera vê-lo isolar-se no silêncio, como de hábito —, Yuan Wang retirou o assassinado do bolso, sentou-se, cruzou as penas e, olhando para o cadáver, comentou:

— Depois que você terminar a sua pesquisa sobre surdez e eu, a minha, podemos, juntos, decifrar este animalzinho. Já vi outros iguais, eles enlouquecem a colônia. Você acredita que assisti a uma tentativa de suicídio coletivo? Todos os meus camundongos tentando se matar, desnorteados pela presença de um só bichinho igual a esse?

Jing-Quo pigarreou. Já não duvidava lidar com alguém extraordinariamente observador e estudioso. No silêncio aprovador do grande mestre, Yuan Wang continuou:

— Para que uma molécula de DNA se forme é preciso que aconteça a ligação entre os nucleotídeos, não é? Pois é, dissequei um destes espécimes. Coincidência, ou não, vi os nucleotídeos aglomerados, impedindo a existência da hidroxila do carbono-5 na primeira pentose. Ou seja, achei um DNA sem rumo. Quer examinar este ratinho comigo? Quem sabe descobriremos alguma coisa?

Cientista é cientista, não importa a pose. Jing-Quo, além de se interessar pela novidade, gostou da generosidade do colega quase tão brilhante quanto ele. A duras penas, o cientista-chefe da Ucla reconheceu que a sua sorte era a timidez de Yuan Wang, sumidade discreta. Aparentemente, não sonhava ultrapassá-lo. Confiante na docilidade de Yuan Wang, Jing-Quo resolveu trocar ideias sobre os ratinhos-xeretas. Os dois homens não viram o tempo passar. A noite ia alta quando eles acabaram de tecer teorias, considerar possibilidades e combinar que, tão logo encerrassem os respectivos trabalhos, tentariam encontrar o motivo que tornava tais espécimes capazes de estressar os companheiros. Em muitos anos de laboratório, confessou Jing-Quo, ele também observara centenas de animais inoportunos:

— Vale a pena tentar entendê-los, eles surpreendem.

No dia seguinte, Yuan Wang receberia a notificação de que, finalmente, a Universidade da Califórnia deixara de considerá-lo pesquisador-visitante e o contrataria por salário condizente com o seu *status* de destacado Ph.D. Não houve tempo, porém. Como previra na chegada, com tantas engenhocas à disposição, Yuan Wang farejou rapidamente a causa da degradação do cromossomo 16. Apesar de não haver seguido rigidamente o protocolo, esgotando, através de pesquisas, as possibilidades de possíveis erros, a descoberta revelava-se tão revolucionária que Wang entendeu a necessidade de o mundo conhecê-la. Decidido, arrumou as malas e partiu.

Deixou duas cartas. Uma para Kuan Tsong, onde, espantosamente, derramava-se em agradecimentos e afirmava que, em pouco tempo, pagaria em dobro o apoio, os favores e o afeto. Inclusive porque, graças aos filhos dele, desvendara um dos grandes segredos da natureza. Seriam os jovens tintureiros, portanto, os primeiros beneficiados. *Free, of course.*

A segunda carta destinava-se a Jing-Quo. Desculpava-se pelo sumiço, avisava o fim da pesquisa e formulava um convite, que irritou o mestre. Irritação só amenizada pelo fato de, num *post scriptum*, Yuan Wang garantir que, aceitando ou não a oferta, quando os primeiros e mirabolantes lucros entrassem em sua conta bancária, ele e Jing-Quo, juntos, dedicariam os dias a estudar os ratos-xeretas. Possivelmente, ressaltou antes de assinar o nome em ideogramas, ambos se tornariam os homens mais ricos do planeta.

Indiscutivelmente, o doutor Yuan Wang conhecia o *timing* das celebridades. Sabia exatamente o momento de sumir e de aparecer. Não me digam que Wang foi, apenas, um luminar incompreendido e inocente. Jamais acreditarei. Asseguro que ele calculou cada passo com a paciência dos mestres. Yuan Wang, um desafio, trapaceou todo mundo.

Tolo, *meu nego*, sou eu, que, por causa de Yuan Wang, vivi anos escondido...

Cromossomos não são borboletas

Conto a mesmíssima história contada por Kuan Tsong, ele atuou de intermediário nas negociações entre a farmacêutica e Yuan Wang. Conhecedor dos detalhes, garantiu-me que o sucesso estonteante de seu hóspede estranho começou naquela tarde, após o gerente da tinturaria lhe telefonar aflitíssimo, pedindo que se apressasse. Na loja, um senhor estressado desejava, a todo custo, encontrar o doutor Wang. O funcionário desconfiava tratar-se da imigração. Qual o quê, era a sorte grande. Dali para a frente, a carreira de Yuan Wang agigantou-se, o homem se transformou no *enfant gâté* do universo.

A poderosa multinacional North&Brothers Drugs and Health, sediada em Chicago, Illinois, soube da existência de Yuan Wang através de um dos assistentes de Jing-Quo. O jovem biólogo, herdeiro da empresa e observador discreto de Wang, não demorou a perceber que o silencioso chinês procurava alguma variação do metabolismo humano. O estudo certamente renderia centenas de milhões de dólares, pouco importava a qual conclusão chegasse. Além dos realmente necessitados, portadores de diversas patologias, todos, no mundo inteiro, enxergavam-se defeituosos. Yuan Wang, uma mina de ouro, precisava urgentemente ser despachado para viver sob as asas da North&Brothers. O doutorando milionário atirou no que viu e acertou no que não viu. Sua empresa tornou-se espetacularmente rica. Nunca mais abandonou o topo das maiores do mundo, apontadas, anualmente, pela mais conceituada revista internacional de *business*.

Kuan Tsong assustou-se ao chegar à tinturaria e tropeçar na novidade de que o senhor nervosinho, um advogado, representava o grande laboratório farmacêutico North&Brothers. Viajara à Califórnia exclusivamente para oferecer ao doutor Wang, além de melhores condições de trabalho, um salário anual com milhares de cifrões. Nem Tsong, amigo e ex-patrão, jamais imaginara a fama e a genialidade do exótico homem que dormia no socavão da escada, nunca lhe pedira nada e só lhe dirigia a palavra com respeito e reverência. Enquanto dialogava com o emissário da multinacional, Kuan Tsong concluiu que o doutor Wang não cansava de surpreender. Gênios, filosofou, nascem desaparafusados.

Até Kuan Tsong confirmar que, sim, sem dúvidas, o grande doutor Wang residia naquele local, o advogado da North&Brothers sofreu para encontrar a casa do biólogo oriental, talvez dono de um tesouro. No endereço indicado existia uma tinturaria igual às de Chicago. Inclusive, com o mesmo nome: Lotus Flower. Parecia impossível ao advogado que um homem tão qualificado lavasse roupas para fora. Após alguns telefonemas conferindo rua, número e outros dados, ele, enfim, adentrou a Lotus Flower, onde — muito a contragosto, detestava se aproximar de estranhos — soube que o doutor Wang vivia ali de favor. Diante do que considerou excentricidade excessiva até para os padrões californianos, o advogado arregalou os olhos, abriu a boca e não emitiu um som. Assustado, o gerente chamou o patrão. Nunca se sabe, pensou enquanto telefonava para o chefe, o que pode acontecer quando um norte-americano de meia-idade expõe as emoções além do que permitem as regras de bom-tom anglo-saxônicas.

O ex-patrão — nesta altura, mecenas — chegou a tempo de acudir o visitante, oferecer-lhe um copo d'água, explicar que Yuan Wang pertencia à classe dos seres superiores, tão bem dotados intelectualmente que dispensavam benesses e confortos essenciais aos homens comuns:

— Yuan Wang só precisa de livros e de camundongos. Aqui, ou num apartamento em Beverly Hills, o nosso doutor viveria da mesma maneira: louco para amanhecer e voltar ao laboratório. Acredite: nem de sexo o doutor Wang necessita, ele é de outro mundo.

Enquanto detalhava ao visitante as peculiaridades de Wang — o silêncio, o jeito amarfanhado, a frugalidade alimentar, a corcunda cada vez maior de tanto estudar, a singular compreensão do mundo, a igual delicadeza com que observava ratos e homens —, o próprio Wang surgiu após a longa conversa com Jing-Quo. Apresentado ao representante da North&Brothers Drugs and Health, Wang não tentou saber como o descobriram. Pareceu-lhe natural que, quase concluindo o trabalho sobre o cromossomo 16, alguém o contatasse.

Indagado, recusou-se a entrar em detalhes sobre a descoberta. Apenas garantiu que ela embelezaria o mundo, tornando-o mais feliz. Sem vacilar, aceitou o convite para trabalhar em Chicago, embora não se impressionasse com a chuva de dólares oferecida. Pediu apenas que a empresa mandasse buscar Ming e o pequeno Wang na China. Depois, gastou meia hora juntando a mínima bagagem — a maior parte, livros e anotações — e escrevendo duas cartas. Despediu-se do ex-patrão com um protocolar aperto de mãos, avisando que o que gostaria de lhe dizer rabiscara numa folha de papel, à vista no socavão.

— Lá, também, o senhor encontrará um bilhete para Jing-Quo. Por favor, entregue a ele.

Após despejar esse excesso de palavras, virou as costas e, mansamente, sumiu. Voou para Chicago na mesma noite. Além de emocionado com o próximo reencontro com Ming e o filho — não os via há quase três anos —, sabia que, a partir daquele momento, travaria as piores lutas: dialogar para estabelecer direitos, explicar a terapia, negociar com a Food and Drug Administration, exigir porcentagem no lucro. Enfim, questões práticas que ele, rigorosamente, não conseguia resolver. Se um dos camundongos o representasse faria melhor figura. Acuado pela urgência da vida, decidiu, durante o voo, esperar a chegada de Ming. Entregaria a ela a tarefa de decidir o real. Ele continuaria circulando na metarrealidade dos cromossomos, genes, neurotransmissores, proteínas e açúcares, entre os quais se sentia à vontade.

Tanto Yuan Wang quanto a North&Brothers experimentaram momentos de pânico enquanto Ming Wang, em Pequim, decidia se voaria ou não ao encontro do marido. Além de não querer voltar a viver com o cientista maluco, que nada lhe oferecia, não o desculpava pelo roubo das economias. Cedeu por pressão do pequeno Wang, já não tão pequeno assim, e seduzida pelos milhões de dólares que a multinacional insinuou esperar por ela. Enquanto advogados e o próprio Wang lutavam para convencê-la a reconstituir a família, outro batalhão de advogados negociava com o governo chinês os vistos para madame Wang e o filho deixarem o país.

Durante o impasse afetivo-burocrático, que se arrastou por mais de um mês, Yuan Wang, hospedado num hotel cinco estrelas, recusou qualquer encontro com a diretoria da famosa indústria farmacêutica. Contratos, avisou, dependiam da decisão de sua mulher, nada resolveria sozinho. Solicitou, e foi atendido, passe livre para frequentar os laboratórios, tão bem equipados quanto os da universidade. Ali, vigiado por três Ph.Ds. norte-americanos, que lhe monitoravam os passos para impedi-lo de passar a perna na empresa, o doutor Wang abandonou a pesquisa do cromossomo

16. A espetacular invenção ainda dependia de testes comprobatórios, mas não abriria o jogo diante dos espertos espiões. Então, optou por se distrair, dedicando-se a procurar cobaias-xeretas. Os doutores-babás, nos relatórios diários à diretoria da North&Brothers, confessavam, constrangidos, não entender as atitudes de Yuan Wang, que gastava o tempo circulando entre caixas de camundongos, porquinhos-da-índia, coelhos, enfim, espécies utilizadas nos testes. Subitamente, parava, observava-lhes o comportamento e, aleatoriamente, escolhia um, imediatamente sacrificado segundo as normas e práticas legais. Aliás, enfatizou um dos Ph.Ds., *"o doutor Wang parece se comunicar com os animais e os trata com uma gentileza não usual. Acreditem ou não os excelentíssimos senhores diretores, antes de sacrificá-los, o doutor Wang cumpre o estranho ritual de cantar para eles e curvar-se em sinal de respeito. Também demonstra clara preferência pelo método da exsanguinação, que considera menos doloroso. Após aplicar sedativo no espécime, este surpreendente investigador permanece a seu lado, acariciando-o na cabeça. Uma ou outra vez, utiliza-se da guilhotina construída para este fim, não sem antes tomar o cuidado de que a vítima chegue ao instrumento de decapitação sem vê-lo"* (sic).

É claro que o impacto desse relatório desestabilizou a diretoria da North&Brothers Drugs and Health, já desconfiada de que realizara um péssimo negócio e de que o herdeiro, apesar de doutorando em biologia, não passava de herdeiro. Ou seja, julgava-se no direito de palpitar incorretamente e de jogar dinheiro pela janela. A situação chegou ao limite quando os Ph.Ds. espiões interceptaram uma carta de Wang para Jing-Quo escrita em ideogramas. Convocado um tradutor, a empresa tomou conhecimento de que, provavelmente, o grande achado de Yuan Wang se limitasse a identificar camundongos-xeretas, que, supostamente, espelhariam o comportamento de humanos igualmente xeretas. O CEO, ao saber que a pesquisa de Yuan Wang poderia repetir o ridículo da história dos ratinhos homossexuais, socou a mesa:

— Não nos interessa investir no fim da inconveniência humana. Antes de curarmos homens e mulheres espaçosos, há milhares de coisas para resolver. Sumam com o chinês maluco e chamem imediatamente o herdeiro. Mais do que ninguém, ele, um biólogo, tem a obrigação de cuidar do nosso patrimônio. De imbecis, bastam os seus irmãos e primos. Merda, merda. Dez mil vezes, merda.

Yuan Wang não tomou conhecimento da confusão. Convocada uma reunião dos maiorais da North&Brothers, estabeleceu-se que o extraordinário Jing-Quo, prestigiado pesquisador-chefe da Universidade da Califórnia, sério candidato ao Nobel, jamais endossaria um estudo sem pé nem cabeça. Naquela altura, concluíram, bastava aguardar madame Wang, que, aliás, embarcaria em dois dias. Na presença dela — seguramente, uma internacional mulher de negócios, habituada a representar o marido —, tudo se esclareceria.

As coisas não aconteceram facilmente. A recém-chegada Ming Wang, além de não falar inglês, revelou-se uma simplória dona de casa, completamente ignorante da ciência de Yuan Wang. Assustada com o excesso de atenção, Ming, ao saber que Wang a declarara procuradora — o calhorda sempre a enganava, sempre se aproveitava de sua capacidade de não temer a realidade —, decidiu que caberia a Kuan Tsong, o abençoado amigo tintureiro, a responsabilidade de traduzir as conversas que, dali para a frente, manteria com a North&Brothers.

Até as partes assinarem um acórdão, transcorreram mais duas semanas. Para compensar as custas dos advogados, a longa temporada em hotel classe A, as passagens em primeira classe de Ming e do pequeno Wang, o transporte, hospedagem e alimentação do interlocutor Kuan Tsong, a multinacional estabeleceu uma multa estratosférica caso o cientista nada revelasse. Ou revelasse algo inútil. Como, por exemplo, o estresse dos ratos gays ou a prova de que alguns humanos metiam o bedelho em assuntos alheios graças à disfunção genética. Afinal, afirmou um diretor da North&Brothers durante as negociações, há coisas mais sérias para se estudar do que a homossexualidade dos ratos ou a inconveniência de desocupados.

Se, com a punição pecuniária, pretendiam assustar Ming Wang, perderam tempo. Ela não vacilou um segundo para firmar o contrato. Seu marido podia ser, e era, um lamentável caso de hospício. Mas ninguém lhe chegava aos pés em inteligência e sabedoria. Madame Wang não duvidava que Wang emagreceria o mundo, se assim afirmava. Enquanto ele trabalhasse, ela aproveitaria cada centavo da dinheirama subitamente despencada sobre a sua cabeça — em bela hora casara com o cientista mofado e coberto de teias de aranha.

Finalmente chegou o dia em que, cercado de descrédito e aparentando mais distração do que habitualmente, Yuan Wang se encontrou com os novos patrões. Na presença de Kuan Tsong, claro. Não dava um passo sem o apoio do amigo. O *meeting* provocou um alvoroço. Após rabiscar numa lousa os meandros do extraordinário estudo, os homens da North&Brothers perderam o ar. Ou aquele chinês enlouquecera ou eles acabavam de encontrar a galinha dos ovos de ouro. Engasgado de emoção, contabilizando os monumentais lucros futuros, o CEO tentou esclarecer uma dúvida:

— O que, afinal, quebra o cromossomo 16, permitindo que o corpo acumule gordura?

Sem perder o ar de beatitude, Yuan Wang explicou didaticamente:

— Principalmente o excesso de comida e o sedentarismo. Se isso ocorrer concomitantemente, a ruptura é mais rápida e radical.

Silêncio absoluto entre os assistentes da palestra. Desfeito o espanto, a elite da North&Brothers se descontrolou. Os diretores mais calmos consideraram melhor despachar Wang para Pequim e esquecer o assunto, antes de a farmacêutica perder credibilidade. Afinal, a imprensa já andava de orelha em pé, desconfiada da presença de um chinês em áreas reservadas da empresa. Os práticos temeram uma extraordinária queda no valor das ações da companhia — falência, talvez? Os nervosos sugeriram executar imediatamente o doutor Yuan Wang:

— Há quase dois bilhões de chineses no mundo. O desaparecimento de um não fará diferença alguma. O doutor Wang abusa do direito de explorar a boa vontade alheia.

Ao sentir-se ameaçado na integridade física, Yuan Wang, pela primeira e única vez na vida, elevou a voz:

— Deixem-me falar, por favor. Posso provar que, mesmo com excesso de comida e falta de exercícios, é possível impedir a ruptura do cromossomo 16. Consertada a cadeia de DNA, o mundo comerá, beberá e dormirá à vontade, sem nunca ultrapassar o peso ideal.

Aproveitou a atenção de alguns executivos, começou a rabiscar estruturas proteicas, esmiuçando como equilibraria as pontes de hidrogênio do cromossomo 16, evitando o desastre, fossem quais fossem as pressões exercidas sobre elas. Finalmente, lançou um desafio:

— Meu ex-patrão, aqui presente, tem dois filhos acima do peso. Em um mês, com o meu tratamento, eu os colocarei dentro do padrão norte-americano de beleza.

Nesta altura, Yuan Wang recuperara a atenção da audiência. Mas Tsong recusou-se a ceder os filhos para a medicação de vanguarda:

— Amigos, amigos, negócios à parte. Eu o apoio, mas camundongos e humanos são diferentes. Meus filhos podem morrer, esqueça-os.

No recomeço do tumulto, alguns membros da diretoria, parcialmente convencidos, sugeriram que Wang emagrecesse cobaias. Caso acertasse, os testes humanos começariam.

Doutor Wang acertou. Os animais obesos, submetidos ao milagroso tratamento, voltaram ao peso normal em menos de três semanas, sem nenhuma alteração na saúde. Pelo contrário. Tornaram-se mais ágeis, mais alegres, mais dispostos ao intercurso sexual. Os expostos a placebo permaneceram pesados, flácidos, lerdos e silenciosos. Gordos, enfim. A North&Brothers parecia não crer no milagre.

A escolha das cobaias humanas voluntárias quase terminou em pancadaria. Os conhecedores do segredo, padecentes de sobrepeso, disputaram a tapa o privilégio de se entregar à terapia. A começar pela esposa do CEO, primeira selecionada. O marido exasperava-se dividindo a cama com uma aliá. Caso Wang falhasse e a senhora morresse com as cadeias cromossômicas em pane, o CEO não se tornaria nenhum viúvo inconsolável. Mas os testes humanos — *pari passu* à turma do placebo — acabaram em outro retumbante sucesso. Em pouco tempo, a beleza, leveza, alegria e sedução voltaram a alegrar a primeira-dama da North&Brothers. Vitória sublinhada pelo recrudescimento da paixão do casal, unido há mais de vinte anos. A empresa rendeu-se à genialidade de Wang.

Milagre de tal magnitude logo alcançou a mídia, que, alardeando a surpreendente nova, despertou o desejo de milhões e milhões de possíveis consumidores. O crescente clamor de homens e mulheres — além do eficiente *lobby* da North&Brothers — pressionou a Food and Drug Administration. Meio contrariada, a FDA liberou o tratamento. Último passo para Yuan Wang alcançar o nirvana. Finalmente, o doutor em Proteínas Transmembranas de Passagens Únicas alçou-se ao Olimpo dos grandes gênios, dele só falavam maravilhas.

Claro, a história dos ratinhos gays caiu no esquecimento. Atiçando a curiosidade pública, o novo messias da felicidade detestava aparecer, fugia dos fotógrafos e se embaralhava diante de repórteres. Durante as raras entrevistas, suava em bicas, bloqueado pela incapacidade de falar. Enfim, além de cérebro privilegiadíssimo, o doutor Yuan Wang reunia todos os predicados que fascinavam a opinião internacional. Humilde e discreto, encarnava à perfeição a idealização mítica de santidade e pureza. O planeta caiu-lhe aos pés, embasbacado ao testemunhar o cientista desprezando a glória crescente e os milhões amontoados no banco. O hiperqualificado biólogo se preocupava, apenas, em tornar acessível a ricos e pobres a chamada Terapia do Doutor Wang, capaz de emagrecer quem desejasse. Inclusive os gulosos, os preguiçosos e os lesados afins.

Incensando ainda mais a biografia de Yuan Wang, os jornalistas, açulados pela North&Brothers, descobriram que o ponto de equilíbrio da nova celebridade era a esposa bem-amada, mulher amorosa e gentil, fiel na alegria e na tristeza. Ela, paciente, organizava o dia a dia do homem que modificara os rumos da civilização. Quem diria. Além do triunfo do cromossomo 16, Yuan Wang ainda semeou esperança nos corações céticos. Para quem só enxergava as aparências — vale dizer, o mundo inteiro —, Ming e Yuan Wang representavam o mais perfeito caso de amor: um não existia sem o outro.

O preço astronômico do tratamento, acessível apenas à elite, construía o lado negro da história. Terapias genéticas custam caro e cromossomos, Yuan Wang costumava afirmar, não são borboletas esvoaçantes, fáceis de capturar. Após, sem ônus, emagrecer os dois filhos do ex-patrão, revertendo o quadro de gratidão que os unia — Kuan Tsong não cansava de lhe jurar fidelidade eterna —, Yuan Wang, deprimido com o custo da manipulação dos DNAs, voltou a pesquisar incessantemente. Escondido no seu *bunker* biológico, construído com os primeiros milhões, ele reviveu o tempo do pequeno apartamento na China. Estudava dia e noite, quase não dormia ou comia e só se banhava obrigado. Preocupado com a sobrevivência do homem que lhe engordava os cofres, a multinacional convocou o herdeiro-quase-doutor e o colocou *full time* aos pés do novo Midas. Cabia a ele cuidar para Wang se alimentar com regularidade, dormir um mínimo de horas e banhar-se em prol do ar respirado pelas cobaias. Preocupação desnecessária, avisou o herdeiro, surpreendido com o aroma do cientista. Dia e noite, com ou sem banho, Yuan Wang exalava aroma silvestre com leve toque de madressilva. Realmente, um homem extraordinário.

Finalmente — oito meses, três semanas, dois dias e algumas horas após se trancar no laboratório —, Yuan Wang reapareceu, comboiando um novo candidato ao tratamento. O tempo passado no *bunker*, somente comendo e dormindo, rompeu o cromossomo 16 de seu vigilante, impondo-lhe quilos extras. Embora o candidato a sábio pudesse se tratar quantas vezes desejasse, dinheiro não lhe faltava, o doutor Yuan Wang, nessa altura, transformara a outrora caríssima terapia numa simples aspirina, acessível a quem quisesse.

A Terra explodiu. Nos meses seguintes, quanto mais o tratamento funcionava positivamente, mais Wang sorria, sem reparar na confusão que começava a pipocar. Para ele bastava testemunhar as pessoas magras e felizes. O mundo, aos poucos, melhorava. Gente bonita, acreditava Wang, costuma transmitir alegria e os alegres primam pela generosidade. Sei, de fonte limpa, que Wang, alardeando a bondade dos magros, alardeava os próprios sentimentos. Apesar de corcunda e feio, ele é magro. Motivo, acreditava, de seu desprendimento. Convenhamos, Wang soube se vender. Gênio, ele ignorou as honrarias e doou sua genialidade aos necessitados. Multimilionário, gastou consigo o suficiente para construir um moderníssimo laboratório, com cobaias bem tratadas e um pequeno apartamento privativo. Lá, viveu abrigado num mundo protetor. Coube-lhe a segurança. O dia a dia, os aborrecimentos, os sustos, a rotina sem graça ficaram a cargo de Ming, que, por isso mesmo, na opinião do marido, merecia usufruir a crescente montanha de dinheiro. Afinal, ela, companheira, representava-o, deixando-o em paz em sua realidade esquizofrênica. Na época, interpretei-o com ceticismo. Yuan Wang, gênio covarde, jogara a esposa às feras. Extraordinariamente caridoso, comentavam de Seca a

Meca. Inacreditavelmente egoísta e medroso, acrescentava. Não via com bons olhos o gentil doutor Wang, capaz de mudar os gordos, incapaz de transformar-se. Só pensava nele mesmo e pagou um alto preço. É, deixei de pensar assim...

A fama de Yuan Wang não parava de crescer. Esperta, Ming o acompanhou. A humilde amante do inoculador de vacinas desapareceu em meses. Em seu lugar surgiu uma oriental exótica e bem-vestida, fluente em inglês britânico — mais chique, ela acreditava. O professor de línguas, cama, mesa e banho durou até madame Wang ouvir o primeiro elogio à sua fluência. Então, trocou-o por um mestre em boas maneiras, que a satisfez menos do que o desejado. Ao sentir-se craque na manipulação dos talheres, copos e salamaleques ocidentais, Ming convidou um enólogo para dividir a cama. Poucos a alcançaram em conhecimento vinícola e na avaliação do retrogosto, habilidade que a ajudou em outras áreas do prazer, onde igualmente se notabilizou. Vaidosa, desfilava joias portentosas. Alegre e extrovertida, logo se tornou presença disputada, inclusive pelos senhores das fortunas antigas, tradicionalmente esnobes com os novos-ricos. Mas, afinal, Ming Wang não se enquadrava nessa classificação pejorativa. Ela, mulher e tutora do mais célebre gênio dos últimos séculos, dignificava aqueles a quem concedia amizade.

Ming Wang exagerou na exibição de riqueza. Comprou mansões em Chicago, Nova York, Paris e Alpes suíços. Tornou-se anfitriã notável, citada nas mais conceituadas revistas de *gossips*. Aprendeu a falar francês com acento de Paris. Após horas de aulas e esforço, esquiava com habilidade, cavalgava com leveza e nadava com a graciosidade das sereias. Por suas casas e camas passou, além dos milionários de praxe, a pequena nobreza europeia. Falida, mas capaz de cobrir de prestígio quem a recebia. Menos de dois anos depois de abandonar o pobre apartamento de Pequim, Ming Wang circulava, estrela de primeira grandeza, no *jet set* internacional.

O pequeno Wang não escapou ao destino de imigrante milionário, herdeiro do sábio exótico e de uma das mais fascinantes mulheres de seu tempo. Adolescente, estudou num sofisticado colégio interno da Nova Inglaterra onde os colegas, filhos das abastadas e refinadas famílias católicas norte-americanas, não ousavam perturbá-lo. Mas também não o aceitavam. Solitário, cresceu acreditando que o pai amava mais os camundongos e sentindo saudades da mãe antiga, simples e afetuosa. Aluno mediano, frequentou uma universidade de segunda, onde se graduou em Tecnologia de Pesca Oceânica, curso de nenhum prestígio. Com pouco mais de 30 anos, meses após o pai receber o Prêmio Nobel de Medicina, o pequeno Wang, encharcado de cultura norte-americana, comprou um fuzil M16, invadiu o campus da Universidade da Flórida, escondeu-se no campanário da igreja e matou 36 pessoas, vingando o sequestro de sua adorada mãe. Psiquiatras comentaram que, ao apertar o gatilho, o infeliz pequeno Wang tentou assassinar o pai. Frustrado por não matá-lo de verdade, decidiu suicidar-se. Ainda me admiro com essa incrível capacidade de se afirmar besteiras. A trama seguiu outro enredo e ninguém desconfiou. Como dizia minha mãe, em boca fechada não entra mosca. Há gente que fala demais e tropeça na vaidade.

A tragédia repercutiu num mundo novo, virado de cabeça para baixo. Alguns — falidos pela descoberta de Wang, que varrera os gordos do mapa, surrupiando os lucros consideráveis das indústrias parasitas dos obesos — consideraram a perda do único herdeiro um castigo pequeno para o cientista. Outros, a maioria, lamentaram a crueldade do destino, capaz de punir com dor tão imensa o homem que lhes devolvera a beleza e alegria. Os dois grupos se surpreenderam com a reação do casal. Arrasado, Yuan Wang abandonou seu laboratório. Após meses de reclusão e quase um ano de apatia, inconformado pelo abandono de Ming, que lhe pediu o divórcio, Yuan Wang acabou voltando para o socavão do tintureiro, fidelíssimo companheiro. Na dor, Kuan Tsong revelou-se mais do que um amigo, foi o irmão onipresente que resgatou nosso doutor da loucura completa.

A morte do pequeno Wang é o ponto de inflexão na vida do casal. Ambos sofreram demais. Ming, para esquecer, tentou agarrar-se à vida luxuosa de antes. Acabou desistindo e voltando para a China, onde, comenta-se, ainda se dedica à caridade. Doutor Wang desistiu das honrarias, dos dólares, dos gordos e do cromossomo 16, já solucionado e sem emoções. Para amenizar a culpa pelo desenlace do filho, ele, poucos anos depois, decidiu perseguir tenazmente o desassossego proteico causador da chatice humana. Um aparte: também fiquei arrasado com a fatalidade, embora, na ocasião, achasse que o cataclismo poderia ter sido evitado. Claro, cometi outra sandice. Sem sombra de dúvidas, o maior tropeço de minha vida. Acho que, nesta ocasião, comecei a desconfiar que, sim, talvez eu fosse mesmo um grande chato.

Apresentando as condolências, escrevi para Yuan Wang. Nosso amigo Tsong entregou-lhe a carta. Finalmente recebi a resposta do gênio: uma caixa repleta de fezes de camundongos. Não entendi reação tão violenta, provavelmente Yuan Wang enlouquecera com as minhas palavras: *se* ele tivesse agido assim, *se* tivesse falado assado, *se* isso, *se* aquilo. Resumindo, as verdades nas quais acreditava. Aborrecido por, involuntariamente, encontrar-se no meio da confusão, Kuan Tsong repreendeu-me:

— A vida não é feita de "ses". Você é uma pessoa detestável. Como pode incomodar um pai sofrente?

Respondi-lhe secamente:

— Incomodei coisíssima nenhuma. Alguém precisa falar as verdades e eu as digo, doa a quem doer. O mundo é hipócrita.

Kuan Tsong irritou-se, permanecemos estremecidos longos meses. Mas prefiro continuar o meu relato. Envergonho-me do meu papelão. Como explicava antes — e voltando ao tempo imediatamente após o desenlace do pequeno Wang —, lembro-me que Ming, ao contrário do marido, conservou a esperança. Nascera prática. Após alguns meses de luto, retomou a rotina de viagens, festas, amantes, iates e champanhe. Mas seus olhos não mais brilhavam com a intensidade de antes. Testemunhei com os meus próprios, num jantar a que comparecemos, sua indisfarçável angústia. Sei lá por qual motivo, madame Wang me evitou, fingiu não me conhecer. Sendo ambos chineses — bem, ela é, eu sou norte-americano —, como poderíamos nos ignorar? Mulher estranha, nem a dor a suavizou, concluí na ocasião. Repudio a asneira do meu julgamento precipitado, proclamo minha insensibilidade. A verdade é que os Wang ensinaram-me demais...

Perco-me com facilidade, a consciência incomoda. Enfim, continuarei o relato: muito antes de o doutor Wang voltar às páginas internacionais com outra sensacional descoberta — um cromossomo batizado de CHEMP, motivo de eu me esconder, não queria transformar-me —, Ming entregou definitivamente o marido a Kuan Tsong. Tentara arduamente reviver, mas não resistiu à saudade. De uma hora para outra, retornou à China. A vida supérflua não conseguira sossegar-lhe a dor. No país natal, fundou uma rede de orfanatos batizada com o nome do filho. A outrora fulgurante e poderosa Ming Wang desapareceu muito antes do marido original. A última notícia que recebi dela relatava a sua mudança para o Tibete, onde construíra um mosteiro budista sem conforto, sem calefação, sem recursos tecnológicos. Nele, purgava os erros da vida fútil, leviana e irresponsável. Apesar de a voz corrente considerá-la um exemplo. Peguei pesado com Ming, disse cobras e lagartos. Madame Wang, exemplo de quê? Nem de beleza e elegância, pois senhoras refinadas não costumam se esfregar no primeiro que encontram, igual cadelas no cio. Não há dinheiro capaz de acertar falta de berço. Nasceu pobre, morre pobre, mesmo se coberta de ouro, proclamava então, cheio de certeza inútil. Acompanhei cada instante da vida de Ming Wang e jamais a entendi. Ninguém imagina o quanto me arrependo. Julgava saber tudo, vivia aconselhando e tecendo comentários. Coitada da esposa do doutor Wang. Se soubesse o que sei hoje, tentaria amenizar-lhe a dor incomensurável.

O Cenoura 16

Consultei as minhas anotações, retorno à sequência cronológica. Vale a pena lembrar o meu espanto na época em que o mundo embaralhou.

Naqueles idos, avisei: Yuan Wang causaria um desastre, pessoas sem limites pecam pela inconsequência. Só não imaginei que a chamada Terapia do Doutor Wang impactasse tanto a economia mundial. A onda de emagrecimento provocou inesperada e profunda crise social e econômica. Grandes indústrias faliram. A farmacêutica, ao perder o espaço de desova para os remédios destinados aos obesos, hipertensos, diabéticos e correlatos, acabou engolida pela North&Brothers Drugs and Health, que se tornou a poderosíssima dona da saúde. Além da produção de terapia emagrecedora, a de pílulas anticoncepcionais alcançou números nunca imaginados. Se já existisse o Viagra...

Registrei em meu diário. Deve ser mania de chineses e seus descendentes anotar atos e fatos. Sei que o doutor

Wang cultiva o mesmo vício. Claro, na ocasião, não perdi a chance de abrir a minha boca. Só grasnei idiotices. Reparem a anotação de 23 de junho de 1984: "*a invenção de Wang insufla pecados gravíssimos, ofensivos às religiões. Principalmente, a cristã. Sexo, coisa séria, é assunto respeitoso. Não devia transformar-se em circo, todo mundo alucinado, sem pudor, sem compostura, atirando-se uns nos outros em total falta de senso. A moral e os bons costumes diluíram-se em orgias, graças ao devasso Yuan Wang. Definem-no como um assexuado, que só enxerga ratinhos. Não acredito. Para mim, o doutor Wang é um sátiro, homem desavergonhado que desperta os sentidos mais baixos do ser humano. Lamento, são favas contadas: ele arderá no inferno*".

Dobro de rir lendo isso, escrevi na ignorância. Opto por reproduzir tal opinião obtusa pois ela analisa um momento de crucial importância na história da humanidade. Além de minha extraordinária tolice, claro. Na época, para variar, eu entendi tudo errado e falei além da conta. Continuava palpitando e me imiscuindo. Garanto que o doutor Wang não errou no diagnóstico, breve relatarei. Agora, para não perder o rumo, continuarei desfiando os fatos acontecidos quando a Terapia Wang desestruturou a Terra.

O redescoberto ardor sensual desequilibrou o mercado de *commodities*. O incomensurável aumento na procura de preservativos — magros gostam de exibir os corpos; cópula, a consequência primeira — levou as petrolíferas a estimular o plantio de seringais, a fim de evitar um prejudicial aumento nas extrações programadas. Impossível. Nem mesmo o látex, produzido segundo sofisticadas técnicas agrícolas, supriu a demanda. Pressionadas pela nova realidade, as empresas de petróleo quadruplicaram o número diário de barris. Além da necessidade crescente de "camisinhas", a maioria dos itens da indústria da moda — subitamente riquíssima — é derivada do óleo. Apesar da euforia inicial, o pânico rondou a área de pesquisa, sondagem e perfuração de poços. Pipocaram falências. O mundo entendeu definitivamente o erro de depender de uma só matéria-prima.

O sistema bancário desmoronou. Sentindo-se belos, os neomagros, ansiosos por mais beleza, gastaram descontroladamente, detonando as aplicações financeiras. A taxa de juros estourou os fundos planetários. Indústrias bélicas fecharam as portas: magros fazem amor, não a guerra. O segmento alimentar entrou em fase pujante. Esgotava-se sem saciar os famélicos. Ninguém se preocupava em contar calorias, a maioria se esforçava em recuperar o tempo perdido com alfaces e rúculas. A agricultura e o setor pecuário sentiram o impacto. Por mais que as vacas recebessem doses extras de hormônios, não minavam a necessária quantidade de leite para manter o padrão dos laticínios. Na França e na Holanda, países de queijos inquestionáveis, ocorreram casos de transexualismo animal. De tanto receber prolactina transgênica, grande percentual de ruminantes fêmeas desenvolveu barba e bigode. A natureza lutava para se defender.

A onda de desempregos cresceu exponencialmente. Sem trabalho e sem dinheiro, os novos e belos magros inventaram o movimento neo-hippie. Tudo na paz, tudo azul, todos na praia ou montanha embalados na *Cannabis*, felizes com a luz solar redecorando os corpos morenos e perfeitos, prontos para o luar e o despertar seguinte nos braços da mesma onda. Só prazer e alegria, dinheiro não importava. Cada um plantava o seu, de comer e de fumar. Os PIBs despencaram, países empobreceram. Nos dois hemisférios, elegantes policiais, reluzindo em uniformes delineando atrativos, voltaram a descer o cacete em montes de vagabundos de esbeltez supimpa.

O surpreendente mundo magro não se sustentou. A agricultura tropeçou no renovado padrão alimentar. Sequer as auxinas, citocininas, giberelinas e outros produtos estimulantes do crescimento vegetal permitiram às hortas saciar a gula universal. A produção de batata inglesa — na verdade, peruana, após agradar aos europeus no século XVI, foi rebatizada; exibisse a falta de graça de um nabo continuaria conhecida por peruana. Enfim, e esquecendo a pertinente crítica politicamente correta, os países plantadores de batata esgotaram-se de tanto a semear, até o momento de elas não mais germinarem. Ou germinarem com o gosto aguado de reles batata peruana. O preço do quilo alcançou patamares inacessíveis. Catapultada ao posto de caviar pós-moderno, a batata frita restringiu sua presença à mesa dos muito ricos. A luta de classes trilhou inesperado rumo gastronômico.

A outrora confiável safra algodoeira flutuou, gerando insegurança. No início, a demanda acima da média — bilhões de pessoas renovaram o guarda-roupa —

elevou o preço do fruto a níveis estratosféricos. Milhares de agricultores desistiram das lavouras tradicionais e, atrás do lucro fácil, desandaram a plantá-lo. Em pouco tempo a procura caiu, provocando o desaparecimento de incontáveis hectares de algodoais. Outra vez, os bancos socorreram os falidos. O reinado da beleza começou a assustar.

Apesar de recorrer a institutos de pesquisa, que não souberam formular os questionários, gerando resultados com desvio padrão acima do desejável, o setor de serviços naufragou. O comércio perdeu o rumo. As solicitadíssimas lojas de roupa esbarraram nas fábricas atarantadas. Sem uma peça-piloto com as novas referências estéticas, elas não movimentavam as máquinas. Sumiram os manequins abaixo do número 42. O excesso de tecido acabou em mãos das renascentes profissões de alfaiate e costureira, ambos cobrando fortunas. Muitos, com visão empresarial, abandonaram a medicina, a advocacia, o jornalismo e começaram a costurar para fora. A economia informal diminuiu drasticamente o recolhimento de impostos. Os Estados acusaram o golpe.

O ramo da cosmética experimentou um *boom* inesperado. A vaidade renascida arrasou os estoques de toucador. Químicos tornaram-se profissionais disputados, com salários magníficos, para desenvolver fórmulas mais baratas em múltiplos tratamentos. Novamente, as fábricas grandes atropelaram as pequenas, aumentando a taxa de desemprego. Fugindo da inadimplência, *hippies* e *jobless* começaram a suicidar-se. Magros lindos e maravilhosos, irresistíveis em modelitos *kill-your-*

self, encerraram a própria vida por não conseguirem sustentar a faceirice faminta dos filhos e netos. Sociólogos detectaram o nascimento de uma nova família, imediatamente classificada de *Wanger Family*. A nuclear, falida há décadas, recolheu-se à história.

Não houve prata no mundo capaz de multiplicar os espelhos, bilhões os desejavam para se admirar. Baixelas históricas, peças raras de antiquário, terminaram derretidas e encaminhadas às linhas de produção, que as transformavam nos novos símbolos de *status*. Pelo excesso de amor-próprio, vidraceiros enriqueceram e psicanalistas, com o coração em festa, fecharam os consultórios. Eles também desejavam usufruir seus desejos. Freud, coitado, morreu.

A área do turismo agigantou-se. Os magros queriam viajar, ir à praia, exibir as novas formas sem gordurinha sobrando. A ilha de Zanzibar, o litoral brasileiro e as águas transparentes do Taiti entraram em moda. Os hotéis marcavam temporadas com dois anos de antecedência. O mundo beirou a falência, ninguém queria trabalhar. Por conta do excesso de farra, o índice das doenças sexualmente transmissíveis entrou na zona vermelha. O alto nível de contaminação — e a consequente demanda de antibióticos — jorrou fortunas nos cofres da North&Brothers. O herdeiro exigiu maior participação acionária na única farmacêutica sobrevivente ao caos. Imediatamente, atenderam-no. Os executivos da empresa temeram que o descobridor de Yuan Wang pudesse evaporá-lo. Afinal, ninguém duvidava da insanidade do chinês, capaz de atos inesperados.

Resumindo, a sociedade virou de ponta-cabeça. Países outrora prósperos desfilavam mendicância, apesar do povo lindo. O topo da pirâmide do terceiro mundo, com os corpinhos sarados, debandou para as caríssimas boutiques de Nova York e Paris. A base, desde sempre definhada de pobreza ou de ruindade, implorava ao doutor Wang uma pesquisa genética capaz de repor os dentes em sorrisos detonados. Afinal, argumentavam, eles também mereciam a faceirice instantânea. Intelectuais respeitados desistiram das ideias para atender aos corpos exigentes de prazer — pensar não produz orgasmo, descobriram espantadíssimos. Universidades fecharam as portas, a demanda por saber diluiu-se com a gordura. Os esportes, quem diria, escoaram pelo ralo. Ninguém mais admirava a perfeição muscular esculpida com esforço. A proporção apolínea estava à disposição nas estantes das farmácias. Religiões minguaram, o aqui e o agora se revelou novo deus. A civilização construída através dos séculos sumiu num piscar de olhos, abrindo espaço a estruturas nunca imaginadas. Por incrível que pareça, um milagre aconteceu: a magreza domou a agressividade humana. As pessoas acalmaram, as guerras diminuíram, os preconceitos minguaram. A paz, finalmente, reinou. A beleza, uma dádiva, sossega quem a desfila.

Pouco a pouco, a humanidade se reorganizou dentro dos outros parâmetros. O planeta, apaziguado, renasceu em um jardim. O neo-*New Deal* regulamentou Chicago como a capital do recém-inaugurado Tempo da Formosura. Afinal, a sede da North&Brothers, a casa do doutor Wang pertenciam à cidade. A incrível coincidência de, novamente, o poder se instalar na América do Norte motivou os astrólogos a procurar nos planetas as razões de tanta sorte. Reunidos em congresso, eles anunciaram que o *Mayflower* ancorara num dia de perfeição constelar: sol em Libra, casa nove. Em outras palavras, os Estados Unidos nasceram sob a égide do poder e do dinheiro ilimitados. Também na Idade dos Magros, os *cowboys* dariam as cartas. Um monumental azar para o sul do Rio Grande, descoberto em conjunção de Saturno com Urano. Ou seja, pobreza e fome. Nem a pílula de Wang consertaria o desastre cometido há cinco séculos. O inglês, mais previdente, aguardou o céu correto. Ibéricos soltaram-se ao mar sem consultar as estrelas. Armaram o fracasso eterno. Felizmente, agora magro. Fracasso elegante dói menos.

A Wanger Family, um sucesso, atendia ao impulso de variados parceiros. O mercado financeiro pisou firme rumo à recuperação. O agronegócio estabilizou-se, após agonizar. Muita gente enriqueceu, muitos empobreceram, fortunas mudaram de mãos. Diminuiu o espaço entre as classes sociais. O bem mais valioso, o peso certo, tornou-se disponível às gentes de qualquer posse. A mudança, de tão grande, só não alcançou o infinito. Igualzinho à eternidade, ao tempo do *Big Bang*, dia e noite revezavam-se a cada 12 horas. Tudo mais mudou de rota.

Apenas o doutor Wang não reparou que, bom ou ruim, um novo tempo nascera. Gênio desatento, ignorante dos efeitos colaterais da magreza coletiva no equilíbrio global, ele se comprazia afirmando que, em sua opinião, a humanidade se tornara mais gentil e generosa sem os gordos circulando e enfeando a paisagem. Yuan Wang só se melindrou quando o excesso de adubos sintéticos, utilizados aleatoriamente, transformou uma plantação de cenouras num parque de horrores. Expandidas celularmente à enésima potência por ação química, as leguminosas cresceram descontroladas, transformaram-se em arbustos e terminaram derrubadas a golpes de machado por Apolos rurais, diante de uma plateia de jornalistas igualmente apolíneos. A Nova Era sinalizava que, igual a todas, escondia um lado obscuro.

O episódio das cenouras gigantes mobilizou o primeiro grupo contrário à Terapia do Doutor Wang. Com os países à deriva, a autoridade frouxa, num minuto a turminha fundou a ONG Cenoura 16 propondo combater a manipulação genética, o excesso de veneno na agropecuária e as pessoas que se prestavam ao papel de frango de granja, permitindo mudanças em seus cromossomos. O primeiro manifesto do Cenoura 16 foi duro e radical: "*Quem garante que Yuan Wang não alimenta a diabólica ideia de dominar o mundo? Os adeptos de sua terapia não passam de Faustos, gente que vende a alma a Mefistófeles-Wang, não em troca da juventude, mas da beleza, uma qualidade efêmera na vida e na literatura.*" Descobrindo que os distintos senhores, amáveis senhoras e encantadora juventude não estavam tão felizes quanto ele imaginava, Yuan Wang surpreendeu-se. Saiu, com dificuldade, do protetor silêncio para dialogar com os líderes do barulhentíssimo movimento estreante. Assisti pessoalmente, pertenci ao Cenoura, relato o acontecido. Acreditem sem reservas, sou pessoa equilibrada. Nunca exagero ou omito.

O primeiro encontro dos oponentes, doutor Wang X Cenoura 16, quase necessitou de um intérprete. De um lado, o novo candidato ao Nobel, Ph.D. pela Universidade das Ilhas Maurício, pesquisador reverenciado, autor de importantíssima descoberta científica. Do outro, desempregados, políticos atrás de fama fácil, donas de casa, atores e atrizes de segunda, radicais de direita e de esquerda, os donos da verdade, oportunistas, mal-amados de variados sexos e alternativos de inúmeros matizes ideológicos. Além de mim, naturalmente. Senti que o doutor Wang amou nos observar, considerou nosso grupo a versão humana dos ratinhos-xeretas. Acreditava existir em nós o mesmo cromossomo sem rumo que, rotineiramente, encontrava nas cobaias de comportamentos abusivos. Notei que Wang, distraído, só nos dedicou atenção quando um "verde" de codinome Barão, porta-voz do Cenoura, italiano e adepto do arvorismo — passava os dias pulando de galho em galho, gastava energia em excesso, nunca precisou tratar o cromossomo —, alertou-o de que a recém-inaugurada ONG visava impedir que o planeta se transformasse num imenso aviário:

— Para tal, não mediremos esforços. Minha percepção crítica do mundo — analiso-o a segura distância — permite-me afirmar que, desde que sofreram a manipulação do cromossomo 8, os frangos perderam a condição animal. Viraram clones e não param de engordar. Não seremos frangos pelo avesso porque o senhor assim o deseja.

A informação "cromossomo 8" bateu no tímpano de Yuan Wang e o entonteceu. Ele se assustou, podem crer. Provavelmente, pensou: "que cromossomo 8? Onde esse bando tão gloriosamente seguro de suas opiniões arranjou tal cromossomo? Meu Deus, alguém, silenciosamente, me ultrapassou nos segredos genéticos?" Vacilante, o doutor Wang interpelou o Barão das Árvores. Oriundo do proletariado, atavicamente humilde diante dos berços de ouro, doutor Wang esqueceu-se de sua incensada sapiência. Tentou uma reverência e caprichou na abordagem ao nobre:

— A qual cromossomo 8 Vossa Excelência se refere? Pesquiso há anos as cadeias de DNA e não conheço estudos, nem meus nem de colegas, sobre esse cromossomo.

Sem perder a pose, o Barão explicou didaticamente:

— Doutor Wang, espanta-me a sua ignorância. Se a alteração do cromossomo 16 emagrece, a do 8 engorda, certo? Lógica pura, qualquer mente mediana entende essa equação.

Senti vontade de rir com o susto de Yuan Wang. Vi em seus olhos que, sim, ele nos enxergava como ratinhos-xeretas travestidos de gente, chatos sem compostura tentando tirá-lo do sério. Se nos concedesse atenção, acabaria com ideias suicidas, já que quem o interpelava não tinha a menor ideia do que eram cromossomos, DNA, proteínas e genes. Isso, apenas citando uma pequeníssima parte do infinito que constrói a biologia. Não tínhamos mesmo, e daí? Considerávamo-nos no direito de interpelá-lo de igual para igual, dominar a ciência não torna ninguém superior. Dias ultrapassados em que eu, ignorante, detestava doutores empombados, cheios de pose e vaidade. Achava que deveriam cultivar a humildade, antes de se entupirem de fórmulas. Nem consigo recordar o tamanho do vexame — por que só entendemos as coisas quando não adianta mais? Que papelão, Deus do céu...

Metido a espertinho, acreditei captar o instante em que Yuan Wang decidiu parar de perder tempo com a tribo de idiotas. Reconheço: ele esforçou-se em gentileza, nem nos mandou à merda. Tentou mudar o rumo da prosa na maior dignidade:

— Os senhores, por favor, ceder-me-iam amostras de seus sangues?

Passado o estupor com o pedido — doutor Wang, um vampiro, beberia o nosso sangue? —, as negativas não surgiram embrulhadas para presente. "Nosferatu" foi a resposta mais delicada. Chinês, desconhecendo o significado de Nosferatu, ele desconsiderou a ofensa. Mas engasgou com a classificação de "sábio mediano":

— Olhe, senhor Barão, sábio mediano é a vovozinha. Mas nem mesmo ela entenderia a relação absurda entre os cromossomos 8 e 16. Vocês não passam de pretensiosos, falando sobre assuntos que desconhecem. Como, aliás, é praxe entre os ignorantes. Até logo.

Largou a turma falando sozinha, virou as costas e sumiu dentro do *bunker*. Tão chocado e assustado com a rudeza humana que, pela primeira vez, cogitou permanecer escondido para sempre. Na certa o egoísta acreditava que ninguém precisaria dele, além das cobaias e da reverenciada biologia. Não se lembrou de Ming, nem do ex-pequeno Wang. Avaliou tudo errado. Relato os meus sentimentos e, confesso, enrubesço. Eu não sabia de nada ou não queria saber, defeito abominável que permeia as relações. Ninguém conhece coisa alguma, só finge entender os sentimentos dos outros. Mas não deixa de julgar, somos um caso perdido.

O episódio Cenoura 16 originou uma sucessão de aborrecimentos. A notícia do suposto cromossomo 8 rodou o mundo e as granjas acumularam prejuízos, obrigando o presidente da Associação Mundial de Produtores de Frango, com sede em Atlanta, Estados Unidos da América, a redigir nota oficial arrasando Yuan Wang. Entende-se. Desde que o medo da gordura desapareceu, o paladar da espécie humana regrediu ao tempo das cavernas: bifes sangrentos substituíram os esquálidos peitos de frango. Aviários compensaram o prejuízo com o aumento desmesurado no consumo de ovos. Mas a lenda do cromossomo 8 colocou tudo a perder. Esquecido do próprio 16 manipulado, o povo recusou-se a comer adulterados. Melhor desistir dos frangos e derivados. Inclusive ovos. Encurralados no abismo da falência, os granjeiros atacaram o doutor Wang, grande responsável pelo descrédito das aves, antigamente encharcadas de hormônios, mas alardeadas como alimento saudável, destinado a desentupir as artérias e prolongar a vida *ad aeternum*.

Após o pontapé inicial, pipocaram nos cinco continentes centenas de manifestações antidoutor Wang. As associações médicas alertaram para o perigo de modificar o cromossomo 16: como nasceriam os filhos de pais com genes manuseados? Franksteins esbeltos? Estéreis? Sofredores compulsivos de síndromes alimentares? Propondo pesquisas mais longas e profundas, a fim de garantir a segurança da Terapia Wang, os esculápios sugeriram a suspensão do tratamento. Principalmente os endocrinologistas, saudosos dos consultórios abarrotados.

Os vegetarianos metafísicos, grande parte com o cromossomo 16 corrigido — afinal, ninguém é de ferro —, aliaram-se à Cenoura 16 e redigiram panfletos apocalípticos condenando a gula, vício que se enraizara entre os polos Norte e Sul e que, na opinião deles, *"bloqueia a fluidez da energia cósmica através dos meridianos"*. Procurados pela imprensa macérrima, deslumbrada com a profundidade dessas palavras, nenhum vegetariano *avant la lettre* soube explicar o significado de "fluidez da energia cósmica através dos meridianos". Mas, também, não perderam a pose. Um dia, juraram, o mundo entenderia a veracidade dessa constatação de vanguarda.

A Igreja católica, cutucada pela pregação dos vegetarianos metafísicos, acordou da letargia e reagiu com força. Uma encíclica proibiu os cristãos de tomarem a pílula Wang, porta aberta à devassidão e um estímulo à consumação dos sete pecados capitais. Não todos, *Deo gratias*. Mas, desde que surgira o remédio herético, os filhos de Deus chafurdavam na gula, na luxúria, na vaidade, no orgulho, na preguiça gostosa de uma rede, fim de tarde, depois do amor. Resumindo, detalhes que beneficiam o corpo e condenam as almas. Culpa do doutor Wang, que, ao embelezar as criaturas, convidara Satanás a perturbá-las, sussurrando-lhes obscenidades ao ouvido. Lideradas por Roma, as igrejas cristãs aderiram ao combate contra a Terapia Wang, convocando passeatas. Embora os fiéis batessem no peito — mea-culpa —, ninguém abandonou o comprimido milagroso que consertava o cromossomo 16, garantia de corpos em perfeito estado de manuseio e uso.

Acuada pelo excesso de crendices — a cada dia, num país diferente, alguém redigia um manifesto sem pé nem cabeça —, a Liga dos Intelectuais Racionalistas manifestou-se. Formada por cientistas, pensadores, filósofos, sociólogos, intelectuais das mais variadas áreas, a liga sentiu-se desrespeitada pela onda de misticismo que tentava empacar o pensamento de ponta, e que abria novas portas para a até então conturbada sexualidade humana. As mentes brilhantes começaram a defender entusiasticamente o doutor Wang. Um laureado geneticista de famosa universidade escocesa decretou o fim do obscurantismo contemporâneo:

— Graças ao doutor Wang, adquirimos a definitiva certeza de não existirem intermediações divinas entre o homem e o seu destino. Cada pessoa é a interação de suas cadeias cromossômicas e nada mais.

Resumindo, a modificação de uma só trança de DNA empurrou, ladeira abaixo, as estruturas sociopolítico-filosóficas elaboradas através dos séculos. O antigo, fracassado, mas seguro mundinho desapareceu. O futuro passou a significar a nova biologia, inaugurada pelo emérito Yuan Wang.

Após o nascimento de bebês saudáveis, filhos do consertado cromossomo 16, a pressão sobre Yuan Wang diminuiu. A glória definitiva, porém, só chegou quando um desses bebês, uma menina latino-americana, deu à luz antes dos 15 anos o primeiro neto da Terapia. Saudável e no peso perfeito, a criança veio ao mundo com o 16 regulado, o próprio Wang constatou. Então, anos e anos depois da sensacional reviravolta apoiada pela North&Brothers Drugs and Health, sem a ocorrência de um óbito, de um efeito colateral, a comunidade científica internacional reconheceu o trabalho do humilde chinês.

Novamente uma unanimidade, *queridinho* da mídia, endeusado por gregos e troianos — os espartanos ou místicos ainda acreditavam ser a obesidade uma imposição divina, os homens não deviam dispensá-la —, Yuan Wang começou a, volta e meia, fugir do esconderijo e dar uma voltinha no quarteirão. Sempre perseguido por fotógrafos, que deliravam quando Ming Wang aparecia. A estrela do *jet set* internacional — coberta de joias e de grifes, simpática, perfumada, sorridente — vigiava os *paparazzi* para, na hora certa, segurar carinhosamente a mão do marido. A fantástica madame Wang sublinhava a fama excêntrica do celebrado doutor: como podia tamanha nulidade masculina — magro, baixo, corcunda — usufruir o privilégio de coabitar com mulher tão maravilhosa?

Em torno desse tema, as revistas inventavam histórias. As femininas questionavam se o amor seria uma manifestação cromossômica: poderia o doutor Wang explicá-lo cientificamente? As religiosas apontavam que até um sacrílego capaz de desafiar Deus, tornando as pessoas diferentes do que ele planejara, obedecia à divina regra de amar. As dirigidas aos machos expunham as fotos com legendas de duplo sentido. Do Ocidente ao Oriente, em múltiplas abordagens, o assunto girava em torno dos Wang. Não interessam os motivos, afirmavam especialistas em relações afetivas, o fato incontestável é que o casamento ilógico — ela aproveitando a vida, ele trancado num laboratório — funcionava perfeitamente. Meti o meu bedelho, claro, não perdi a ocasião. Para não fugir à regra, só falei idiotices. Jurei que o matrimônio existia porque ela morava na Europa e ele, nos Estados Unidos. Se dividissem o mesmo teto, não se suportariam, igual à maioria dos esposos com relativa saúde mental. Que mania antipática, só porque são famosos ninguém lhes anuncia os defeitos? Sentia ganas de berrar a fraude do esplêndido casal. Esplêndido, pois sim... Um corno manso e calado, uma marafona doida. Só eu mesmo, nesta vida, ousava desmentir o circo-conto-de-fadas armado em torno deles. Mas preservei a independência do que sentia e pensava. Expressei opiniões. Resultado: falei merda...

Quando mais nada parecia faltar à vida de Yuan Wang, a Academia Real das Ciências da Suécia anunciou-o vencedor do Prêmio Nobel de Medicina. Ming recebeu a notícia navegando pelo Mediterrâneo, ao lado de um nobre italiano falido. Apesar dos encantos do amante, ela, imediatamente, correu para perto do marido. Uma semana após o anúncio da láurea, Yuan Wang — banhado, escovado e envergando fatiota de gala — recepcionou, timidamente, à porta da mansão de Chicago, a nata da sociedade mundial. Além da magra e chiquérrima primeira-dama norte-americana, adepta da Terapia Wang, compareceram políticos republicanos e democratas, o corpo diplomático, cientistas, pensadores, artistas de Hollywood, príncipes e princesas de casas reais reinantes e depostas, modelos, esportistas, empresários, representantes do governo chinês e Kuan Tsong, o grande amigo, que, soluçando de emoção, voara da Califórnia com a família. Quem valia no planeta circulou pela festança, que provocou um transtorno no espaço aéreo de Chicago. Os controladores de voo quase perderam a cabeça, tamanho o movimento de jatos particulares. Luxo pretensioso para quem se crê humilde, analisei na ocasião. Como pensei tal coisa? Eu julgava conhecê-los, fui o primeiro a errar.

A própria madame Wang, discretamente vestida — afinal, o herói da noite se chamava Yuan Wang —, comandou a recepção sem mácula: champanhe francês a rodo, delicados petiscos, música ao vivo, uma ceia hiperbólica: o imaginado em gostoso, o existente em exótico, Ming Wang ofereceu. A imprensa, recebida de braços abertos, deslumbrou-se com a afabilidade do casal. E se já demonstrava tendência a endeusar Yuan Wang, acabou de lhe cair aos pés quando, falando publicamente pela primeira vez, Wang declarou que o Nobel não lhe pertencia exclusivamente. Titubeante, envergonhado, ele dividiu a imensa honraria — e o dinheiro atrelado, *of course* — com Jing-Quo, cientista sem o qual não daria o último passo.

Louve-se a fidelidade do desprendido Yuan Wang. Quando, há anos, abandonara a Califórnia, ele deixara um bilhete para Jing-Quo, que Tsong entregou, conforme solicitado. Nele, Wang avisara exatamente o que aconteceria e convidara o colega a dividir as glórias. Jing-Quo, temendo macular a fama de sábio intocável, recusara, acreditando que a pesquisa revelaria a mesma falta de embasamento científico da que detectara os ratinhos homossexuais. Na pequena troca de correspondência entre ambos — censurada pela North&Brothers — estabeleceu-se que, se Yuan Wang desejasse retomar os estudos sobre o comportamento das cobaias-xeretas, animais inconvenientes com possíveis réplicas humanas, ele, Jing-Quo, pós-doutor pela Universidade da Califórnia, chefe do Departamento de Pesquisas Genéticas etc. etc. etc. e tal — o rol de títulos ocupava meia página —, gostaria de compartilhar o trabalho. Anos mais tarde, quando o emagrecimento ainda não passava de uma terapia iniciante, liberada pela Food and Drug Administration por pressão popular e provocando mudanças inimagináveis no comportamento da humanidade, Jing-Quo tornou a recusar o convite de Wang para se aliar ao projeto, assustado com as consequências imprevistas, que lhe ofenderiam o currículo. Assim, de medo em medo, Jing-Quo se afastou de Yuan Wang. Até nada lhe restar, além da inveja amarga quando Wang tornou-se uma celebridade e, posteriormente, recebeu o Nobel. Prêmio que, por direito, há décadas Jing-Quo acreditava lhe pertencer.

Desconhecendo os humores do antigo companheiro, o plácido Yuan Wang, sob centenas de flashes, lembrou a sua entrada nos laboratórios da Ucla, trabalho que lhe proporcionara o visto de permanência em solo norte-americano. Além de abrir-lhe as portas para a sofisticada tecnologia, na qual trilhara, a passos largos, a reta final da pesquisa do cromossomo 16. Jamais esqueceria que, por obra e graça do compatriota famoso, capaz de confiar nele quando a maioria dos biólogos não confiava, a sorte lhe bafejara. Curvando-se emocionado, balbuciando as palavras, Yuan Wang anunciou:

— Nada mais justo, portanto, que o doutor Jing-Quo divida comigo a extraordinária honra e o respectivo benefício financeiro com os quais me agraciaram.

Madame Wang não se mostrou entusiasmada em repartir cerca de um milhão e 200 mil dólares com um desconhecido e olhou feio para Wang, que se encolheu constrangido. Mas Ming, encantada com as atenções agora mais subservientes, acabou esquecendo o assunto. Até porque, decidiu enquanto puxava Yuan Wang pela mão, advertindo-o para não doar mais um centavo sem autorização dela, o marido já gerara tanto, mas tanto dinheiro, que 600 mil dólares a mais, 600 mil dólares a menos não fariam diferença.

Depois do agradecimento público a Jing-Quo, claro que o próprio compareceu à cerimônia de premiação, em Estocolmo. O protocolo colocou-o ao lado do tecnólogo em pesca oceânica, o ex-pequeno Wang. Péssima ideia, ambos não disfarçavam o desagrado. Citado no discurso como "companheiro de jornada", Jing-Quo relaxou o suficiente para sorrir nas entrevistas. Após a solenidade, cercado pelos repórteres, falou de um novo e surpreendente estudo que ele e Wang planejavam, lembrou a época em que o recebeu na Universidade da Califórnia, quando não ignorava qual a pretensão do colega. Modestamente, optou por não interferir, embora soubesse perfeitamente como Wang deveria encerrar a pesquisa. Detalhe que o novo Nobel demorou a perceber:

— Cientistas se respeitam. Ele não me perguntou, eu nada falei. Mas, antes de Yuan Wang, equacionei o caminho do cromossomo 16. É melhor não comentarmos esse assunto. A honra, merecidamente, pertence a meu amigo.

O tecnólogo em pesca oceânica deu mais trabalho. Seus olhos não brilhavam a arrogância derrotada, presente nos de Jing-Quo, raiva que alavanca a vida. Opacos e melancólicos, quase mortos, os amendoados olhos do ex-pequeno Wang só se iluminavam quando pousavam nos pais. Tão logo pôde, encostou-se neles e não mais os largou. Apareceu em todas as fotos da fabulosa noite do doutor Yuan Wang. Inclusive nas que vendiam a imagem da família feliz: o gênio, sua deslumbrante esposa e o filho, especialista em pesca oceânica. Talvez participe do próximo campeonato mundial, frisou um colunista social boliviano. Jornalistas atentos, porém, repararam que Ming oferecia ao pequeno Wang um sorriso diferente. Meigo, afetuoso, sincero, distante do ar engomado, preparado para agradar às objetivas. Na Suécia, segundo os psicólogos de plantão, Ming Wang finalmente revelou o segredo do estranho casamento. À maneira dela, amava o marido e sabia, exatamente, a hora de entrar e sair da vida do companheiro. No espaço de tempo entre estar e não estar, tratava de ser feliz. Uma mulher perfeita, repleta de autoestima, que engrandecia quem, por sorte, a rodeava. Como veem, emitir palavras ocas não é privilégio meu.

Ming Wang, quem diria, concordava com a minha opinião sobre a palhaçada matrimonial. Pouco antes da tragédia, quase flutuante de tão etérea e vaidosa, ela, pessoalmente, desabafou a uma famosa entrevistadora norte-americana:

— Meu marido é obsessivo e vive num mundo inexistente. Quem cuida da realidade sou eu. Tentei proteger o meu filho da ausência avassaladora de Yuan Wang. Não sei se consegui. Gênios são egoístas. Eu mereço cada segundo da boa vida que levo. Pago alto preço por ela.

Pagou mais do que imaginava. Numa manhã de fevereiro, o ex-pequeno Wang enlouqueceu. Ming Wan esquiava na Suíça com um grupo de amigos e o companheiro da hora, um ricaço australiano, quando o filho se trancou no batistério da capela da Universidade da Flórida e, de lá, atirou a esmo, matando sem complacência. Entre ela embarcar em Zurique e desembarcar em Miami morreram 36 pessoas. Inclusive o ex-pequeno Wang. Insanidade, solidão, sofrimento, saudade do tempo antigo. De ajudar o pai com a ração dos ratinhos, do único amante da mãe, de senti-la realmente feliz. Enfim, da época em que a família, normalmente desequilibrada, usava um sobrenome inexistente, incapaz de despertar olhares oblíquos em direção ao herdeiro do pesquisador famoso — coitado, apenas um simplório tecnólogo de pesca oceânica. Os jornais esgotaram as palavras, nenhum acertou a verdade.

O mundo se comoveu. O governo norte-americano — além de esconder dos jornais um problema anatômico no falecido Wang, descoberto na autópsia — ainda cuidou da parte burocrática com a urgência possível. O chinês mandou um avião recolher os despojos, atendendo a madame Wang, que manifestou desejo de cremar o filho na terra natal. A North&Brothers disputou com a China o privilégio de transportar o corpo e os pais inconsoláveis, mas acabou se convencendo de que alugar um superjato de 400 lugares e enchê-lo com autoridades, jornalistas e convidados nobilíssimos proporcionaria publicidade mais *light*. A cerimônia de embarque do corpo, transmitida em cadeia para centenas de países, transformou-se em gota d'água da emoção coletiva. Até os locutores choraram pelo casal Wang. Ela, elegante e discreta: vestido preto, pérolas, olhar distante, esquecida de exibir o sorriso famoso. Ele, desnorteado, barba por fazer e jaleco. O doutor Prêmio Nobel, responsável pela cambalhota que libertou as pessoas, surpreendeu ao chorar desconsoladamente no ombro de Kuan Tsong, o amigo fiel. Bilhões de magros choraram com ele. Durante semanas, o assunto não mudou: por que a vida, madrasta, castigara com a pior das dores um homem que só proporcionara alegrias? À sombra das lágrimas de Yuan Wang floresceu a erva daninha da descrença e da revolta. Milhões abandonaram as suas religiões, alegando que Deus, se existisse, não penalizaria alguém que engalanara os destinos alheios. Detectando o neoateísmo, o *New York Times*, em matéria dominical, sugeriu que o doutor Wang ultrapassava o humano. A frase que fechava a reportagem — "*tanto carisma e liderança revelam influências divinas*" — irritou o Vaticano, que, por falta de coisa melhor a fazer, excomungou o editor-chefe do jornal, um judeu ortodoxo.

O pai e a mãe retornaram destruídos aos Estados Unidos. Desta vez, a viagem aconteceu no avião da North&Brothers e o casal Wang permitiu-se acompanhar por, entre outros, Jing-Quo, o único capaz de tirar o doutor Wang da apática tristeza. Jing-Quo passou parte do voo relatando as próprias pesquisas sobre os ratinhos-xeretas e estimulando Wang a abandonar o cromossomo 16, que já não guardava segredos. Ao se despedir do chefe dos laboratórios da Ucla, no aeroporto de Chicago, doutor Wang disse a primeira frase em muitas semanas:

— Aguarde-me, por favor.

Jing-Quo aguardou mais de um ano. Sem o filho, culpando-se pela morte dele, Yuan Wang perdeu o rumo. Completava-lhe a dor a refinada tristeza de Ming Wang, silenciosamente sentada no jardim de inverno da mansão de Chicago. Sempre bem-vestida, penteada, sofisticada e muda. O silêncio da mulher fustigava os nervos de Wang. Desnorteado, ele vagava entre o *bunker* e a parte social da casa, onde a onipresente dor de Ming tornava-se cada vez mais difícil de suportar. Dia a dia, doutor Wang viu a esposa se distanciando, incapaz de apoiá-lo ou lhe resolver problemas. Sem ninguém para limpar o laboratório, as cobaias morreram e o pó cobriu as máquinas de última geração. O desaparecimento da rotina doméstica comandada por Ming, estivesse onde estivesse, empurrou o doutor Yuan Wang à decadência física. Sem se alimentar, sem roupas limpas, sem dinheiro em espécie, as contas acumuladas, cabelos enormes, amarrotado e malvestido, tão corcunda que quase não levantava a cabeça, o pai do falecido pequeno Wang transformou-se num arremedo de homem. Acuado pela realidade que não conseguia encarar, encerrou-se no quarto de dormir. O tempo transformou o cômodo num covil cheirando a saudade e a nuances silvestres, com toques de madressilva. Se novo inverno não chegasse, Yuan Wuang morreria sobre os lençóis macerados, a sua incensada genialidade literalmente massacrada pela mediocridade de um tecnólogo em pesca oceânica, o filho morto.

À primeira neve, Ming Wang abandonou o silêncio e avisou que iria esquiar. Esperançoso, doutor Wang acreditou tê-la de volta. Ming, porém, não pretendia esquecer. Antes de deixar a mansão de Chicago, para onde não mais voltou, abraçou mortalmente o marido, cuspindo-lhe ao ouvido:

— Eu errei quando abandonei Pequim. Você esquecerá o pequeno Wang, esqueceu-o a vida inteira. Também não lembrará de mim, nunca lembrou. Tentei tudo para lhe chamar atenção, nem meus amantes o incomodaram.

Inteligências extraordinárias são extraordinariamente egoístas. Sua ressurreição é a próxima pesquisa, ouvi-o conversar com Jing-Quo. O novo sucesso enterrará sua dor. Para a minha normalidade, porém, não há cura. Eu morri há muito tempo, virei cinzas com o meu filho.

As palavras de Ming — rispidamente calmas — acabaram de destruir Yuan Wang, que entrou em estado catatônico. Não falava, não comia, não bebia, não chorava. Apenas olhava longe, muito longe, onde os olhos não enxergam. Nada comoveu Ming Wang. Antes de partir de Chicago, ela chamou Kuan Tsong e lhe entregou o traste imprestável jogado numa poltrona.

Custou uma trabalheira resgatar o transcendental biólogo, Tsong recorreu a um batalhão de especialistas: faxineiros, enfermeiros, médicos de várias especialidades, alfaiates, barbeiros, nutricionistas, cabeleireiros, firmas de dedetização, esteticistas, contadores. Nesse momento, eu, Zhan Cheng, entrei em cena para colocar em ordem a papelada do sábio idiotizado e, confesso, apalermei-me. Jamais vi confusão igual, nem tanto dinheiro transbordando pelos bancos. Enfim, quando há erário, as contas logo se acertam. Abri pastas e arquivos, ordenando nos conformes. Nunca Yuan Wang encontrou as finanças tão rigorosamente certas. Neste ponto, assumo, sou chatíssimo, não perdoo um deslize, um centavo complicado. Só cometi um erro, abusei da indiscrição. Rompendo o código de ética que orienta os contadores, não engoli o segredo da riqueza de Yuan Wang. Comentei com muita gente. Sabia que o doutor Wang ganhara dinheiro com a pílula do emagrecimento. Mas não o imaginava espetacularmente rico. Nem há como detalhar o exagero de zeros, que estouraram a minha calculadora financeira de ultimíssima geração. Custou-me uma fortuna, engoli o prejuízo. A honestidade é cara.

    Meses de esforço maciço, dia e noite sem descanso cuidando de Yuan Wang. Finalmente, Kuan Tsong conseguiu comunicar-se com o amigo que, em prantos, contou-lhe as palavras da esposa. Tsong revoltou-se com a frieza de Ming. Jamais a perdoou. Esconderam de Wang. Mas, ao retornar para a China, ela tentou despedir-se do ex-marido. Tsong lhe barrou os passos, chamou-a de impostora, astuciosa e velhaca. Os dois se desentenderam, precisou madame Tsong interferir com firmeza, antes de o marido estapear a mundana. O próprio Kuan Tsong relatou-me o ocorrido, ocasião em que me ensinou sinônimos de puta velha. Cá entre nós, discordo. Apesar dos mil amantes, Ming Wang nunca se prostituiu, Tsong exagerou. Aliás, lastimei a sorte dela, não estava preparada para subir tão alto. Ninguém a apoiou. Naquela família Wang não existiram inocentes, penalizá-la somente é cômodo e oportuno. Afinal, as centenas de milhões de dólares pertenciam a Yuan Wang. Como sabemos, imensas contas bancárias abrandam quaisquer defeitos, inclusive os de caráter. Olhando para o passado, vendo o erro de Tsong, os meus próprios julgamentos, sinto-me um farrapo humano. Pobre madame Wang...

    Kuan Tsong cansou de usar meus ouvidos para chorar o amigo, um pobre gênio arrasado. Em sua opinião, Yuan Wang, além do cérebro privilegiado, tinha um coração enorme, doce e generoso. Ninguém o compreendia por culpa exclusiva dele, enrolado demais em si próprio para externar emoções. Segundo Tsong, Wang acreditara que, ao curar a obesidade, o mundo entenderia a delicadeza e a compaixão escondidas em seu peito. Mas as pessoas continuaram insistindo em tachá-lo de exótico e arredio. Logo ele, que esperara inutilmente por gestos de carinho, palavras doces, sorrisos acolhedores dos neomagros felizes. A raiva da mulher após a morte do filho também o desnorteara. Cuidara dela, companheira amada. Cobrira-a de ouro, luxos, viagens, extravagâncias. Aceitara, humilhado, a sucessão de amantes somente para não perder a visão do sorriso perfeitíssimo, gentileza entremeada de pérolas e alvoradas. Velara o pequeno Wang com a melhor educação, a escola da elite, tudo que não tivera, mas, feliz, oferecera. Silenciosamente, há anos, no pequeno apartamento em Pequim, atrasara a pesquisa alimentando as cobaias com ração descontrolada, apenas para não decepcionar o menino que tentava ajudá-lo. Aceitara, sem tristeza, a profissão do herdeiro. Comparecera à graduação, sorrindo por vê-lo alegre e sonhando com os mares que, um dia, singraria e realmente singrou. O pai pagou-lhe os luxos. Inclusive um iate equipado com instrumentos de ponta, igual ao laboratório. O filho, acreditava, herdara-lhe o gosto pela ciência, doutor Wang se orgulhou. Nunca se envergonhou do rapaz, o amor não se envergonha. Em prantos, meio louco, Yuan Wang passou dias explicando aos Tsong que pouco lhe adiantava ser o cientista do século, bajulado Prêmio Nobel, se nem as pessoas que amava chegaram a compreendê-lo. Kuan Tsong sofreu com o amigo, não desistiu de apoiá-lo.

Ainda bem que morreu antes de doutor Wang dar a final cambalhota. Tsong não resistiria enfrentando a verdade. Bem, se de fato ela ocorreu. É melhor contar direito, senão nem eu mesmo entendo.

Semanas depois de sair das trevas, o doutor Yuan Wang assinou a papelada que Ming colocou-lhe à frente. Finalmente divorciado, Yuan Wang fechou a casa, largou Chicago para trás e voltou para a Califórnia. Silenciosamente, logo após um terremoto de magnitude mediana destruir parte de Los Angeles, ele entrou na casa danificada de Kuan Tsong levando a inesgotável capacidade de produzir dinheiro e duas malas. A maior regurgitava papéis, CDs, DVDs, dois *laptops*, fotos de Ming e do falecido Wang. Emolduradas. Na outra, algumas peças de roupa.

Apesar dos protestos da família Tsong, que o pretendia bem instalado, Yuan Wang voltou a ocupar o socavão da escada nos fundos da tinturaria. Num rasgo de oratória, explicou que refazia um caminho:

— Aqui comecei, aqui vou recomeçar. A novidade, agora, é a minha própria roupa, para a qual, modestamente, solicito os serviços de lavagem.

Acomodou-se no socavão, passou uma procuração de plenos poderes para Tsong e, tempos depois, procurou Jing-Quo disposto a iniciar a pesquisa dos ratinhos-xeretas.

Juntos, e em poucos anos, Yuan Wang e Jing-Quo quase provocaram o Apocalipse.

Mas doutor Wang, novamente, surpreendeu todo mundo. Era o verdadeiro gênio, nunca cansou de aprontar.

CHEMP
ou
Chatos elevados à milésima potência

A separação do casal Wang explodiu como uma bomba. A imprensa mundial saiu à caça das novidades, mas esbarrou num muro de silêncio. Ming escondeu-se na casa dos Alpes suíços. Doutor Wang, protegido por Kuan Tsong, não abriu a boca — aliás, nem poderia, ficara idiotizado. Para acalmar a ansiedade por notícias, Kuan Tsong redigiu uma nota afirmando que Yuan Wang não encerrara a carreira de cientista. Breve, ao lado do respeitado Jing-Quo, voltaria aos laboratórios da Ucla. Quando e para qual pesquisa, recusou-se a responder. Doutor Jing-Quo, por sua vez, se omitiu. Desconhecia o verdadeiro estado do colega e a prudência o aconselhava a não assumir compromissos.

A nota tranquilizadora não acalmou os jornalistas. Inquietos, eles, primeiro rondaram Chicago, tentando, de qualquer jeito, conseguir fotos do gênio abobalhado. Temendo que um veículo estampasse a imagem do Nobel fora de órbita, Kuan Tsong procurou advogados para protegê-lo. Multas exorbitantes costuraram os contratos de quem frequentava a mansão. Custou uma mão de obra, além de muito dinheiro, mas Tsong conseguiu preservar-lhe a intimidade. Quando, recuperado, doutor Wang fugiu para a Califórnia, repórteres o perseguiram, caçando-o nos calcanhares, frenéticos por descobrir os motivos de o laureado gênio voltar à tinturaria, onde vivia desconfortavelmente. Corria o boato de que ele morava sob a escada, num espaço insalubre. Graças ao último terremoto, a única e pequena janela emperrara: os degraus desaprumados impediam-lhe a abertura. A família Tsong não desmentia nem confirmava, e os empregados, coagidos, assinaram um acordo de confidencialidade. Publicamente, Kuan Tsong agradeceu a presença do cientista exótico, apesar da confusão. Afinal, abrigar um Prêmio Nobel, o homem que emagrecera o mundo, um ídolo planetário, exigia estratégias mirabolantes mas honrava-lhe a família. A tinturaria tornou-se ponto de romaria, dezenas de ônibus de turistas revezavam-se à porta, fotógrafos instalaram-se na calçada, os outros comerciantes e alguns vizinhos reclamaram. Madame Tsong não abandonava doutor Wang, tratava-o a rapapés. Mas sofreu um colapso nervoso, volta e meia desmaiava.

Yuan Wang não reparou no rebuliço. Já começara a tentar decifrar os ratinhos-xeretas, nada mais lhe atraía a atenção. Nem mesmo a lembrança de Ming Wang, que caiu em exercícios findos, levando na bolsa alguns milhões de dólares. Além de todos os bens móveis e imóveis, exceto a mansão de Chicago com o laboratório-bunker, sonho realizado por Wang com a fortuna do cromossomo 16. Apesar de entregue às baratas, o cientista amava o lugar e impôs como exigência para assinar o divórcio mantê-lo em sua posse. O casamento acabou discretamente, numa quinta-feira ensolarada, sob os aplausos da imprensa ao generoso Wang e à charmosa Ming, que, até perder o filho, excedera-se em companheirismo e amizade, merecia, sem dúvidas, aboletar-se na dinheirama concedida pelo desprendido Wang. Considerei a imprensa pior do que o casal desfeito. Falou superficialmente, excedeu-se em bobagens. Nem Ming merecia a fortuna, nem Wang se comportou generosamente. A primeira manipulou a incapacidade do segundo em negociar. Melhor do que ninguém, sabia que o ex-marido não conseguia exigir um copo d'água. Aproveitou-se descaradamente. Por seu lado, Wang posou de magnânimo por não desconhecer que, com a nova pesquisa, reencheria os cofres. Sou testemunha ocular do quanto valia a sua invulgar genialidade. Na verdade, ambos revelaram-se oportunistas. Já avisei: comigo os assuntos são claros. Pão é pão, queijo é queijo, cínicos são cínicos. Não nasci ontem, ninguém me passa a perna. Sequer o sapientíssimo doutor Wang ou sua esperta ex-mulher. Olho onde piso, é difícil eu tropeçar. Mas tropecei, imaginem. Aliás, esborrachei-me. Com pompa e circunstância, bostejei as idiotices que acabo de escrever. O tempo modificou-me, pois desvendei o enigma do estranho doutor Wang. Desvendei? Não sei, talvez não quisesse ver. Aprendi demais esses anos, nada é como parece. Existe sempre uma nuvem ofuscando a visão, há que se tomar cuidado. De certa, apenas a lei do trânsito: sob neblina, trafegue com luz baixa. Quem pretende enxergar tudo, estrebucha no barranco.

Na Califórnia, amparado pelos Tsong, encolhido no quartinho protetor, o nocauteado biólogo finalmente se recuperou das perdas. Animavam-no os futuros estudos. Machucava-o a saudade do filho, reverenciado diariamente com orações e lágrimas. O cientista preferia acreditar que o seu pequeno Wang vibrava na energia do universo. Assustava-o igualá-lo aos ratinhos, desaparecidos de um instante para o outro. O menino que lhe alegrara a vida com certeza ainda existia num canto qualquer do espaço. Wang nos garantia a eternidade do herdeiro, redivivo confortável numa outra dimensão. Acontecimentos extraordinários criam marcas extraordinárias. Jamais discuti com ele, acreditei que o ateu Yuan Wang sofrera uma conversão. Quem diria...

A vida é inesperada, mas nunca me surpreende. Sempre avisei a meus filhos que dela se espera tudo, desde fortuna e glória à mais cruel injustiça. Vejam só, o opaco Yuan Wang continuou opaco e vivo. A brilhante Ming Wang, estrela cadente da frágil felicidade humana, apagou e sumiu. Analisando os dois, concluí que o egoísmo do doutor Wang perseguia objetivos. O de Ming encerrava-se nela mesma. Acho que a mais importante lição dos Wang passou despercebida. Detesto clichês e chavões, mas discursei o óbvio quando apontei aos meninos a importância dos sonhos. Citava como exemplo Ming e Yuan Wang. Inteligente e ambicioso, ele acalentou metas dependentes apenas dele. Ela, musa da superficialidade, sempre espelhada nos outros, não tinha lastro nem devaneios. Resultado: não suportou o impacto quando o destino, exigente, apresentou-lhe a conta. Prefiram a fama de doido, sejam iguais ao doutor Wang, uma cota de loucura nos afasta dos medíocres, alertei pedagogicamente meus jovens. Admito constrangido que desempenhei péssimo papel, só recitei inverdades sobre Wang e a ex-mulher. Mas continuo crendo que os loucos são mais saudáveis.

Voltando à história. A confusão provocada pela presença do doutor Wang na Lotus Flower exigiu intervenção policial. Tentando desfazer o nó do Nobel atrapalhado, entocado no socavão, a Prefeitura de Los Angeles e Kuan Tsong armaram um esquema de proteção aos envolvidos. Desde o doutor Wang até o cachorro da família Tsong, que alguns repórteres corrompiam com salsichas para amarrar microcâmeras à coleira. Uma trabalheira, uma mão de obra que, pouco a pouco, revelaram-se inúteis. Como o cientista jamais colocava os pés fora de casa — ou melhor, da tinturaria —, os turistas começaram a desaparecer, a imprensa escafedeu-se, os curiosos se espalharam, a calma voltou a reinar na vizinhança, madame Tsong permaneceu paparicando Wang, mas desistiu de desmaiar. Paz restabelecida, o empresário lamentou sua quase rejeição a Yuan Wang. Durante o tumulto, só não lhe pedira que encontrasse outro pouso para não perder a procuração, permissão para, sem limites, movimentar contas bilionárias. Arrependido da quase injustiça — Wang, amigo sincero, não dava trabalho, nada exigia, falava pouco e oferecia, além de crédito a rodo, a convivência com alguém de extraordinária importância —, Kuan Tsong passou meses sofrendo a possível traição ao bondoso Yuan Wang, homem simultaneamente paparicado e maltratado pela vida. Aproveitei o convite que um dia recebi de Yuan Wang para visitá-lo e pedi a Mr. Tsong para esquecer as angústias, doutor Wang não as merecia. Paparicados e maltratados pela vida somos todos. Achava que Yuan Wang abusava da amizade de Tsong. Conforme observei nestas maltraçadas linhas — nunca tão claramente —, considerava Wang um doido, só pensava nele mesmo. Nem o filho o aguentou, por que Tsong aguentaria? Não é que tinha razão? Lasquei a realidade pelo menos uma vez.

A convocação para tomar chá com o doutor Wang pegou-me de surpresa. Até então, trocáramos palavras protocolares. Não existia amizade, interesse, nenhum motivo concreto para o gênio me olhar. Claro, aventei a possibilidade de que, assim como Kuan Tsong contava-me as novidades sobre ele, provavelmente também repetia ao doutor Wang as minhas considerações. Outra surpresa: Kuan Tsong revelava-se um leva e traz, tipo com quem antipatizo, são mestres da confusão. Perdoei Tsong, ele me oferecia a oportunidade de aconselhar um homem extraordinário e incapaz de viver bem. Com certeza, Yuan Wang gostaria de ouvir-me.

Senti-me honrado e feliz. Não perderia, por nada, a oportunidade de conversar com o cientista. Quem sabe o ajudaria?

Na data marcada, enfarpelei-me com o meu melhor terno e, pontualmente, adentrei a casa de Kuan Tsong, onde me desviaram para a tinturaria. Acreditem ou não, o mestre do cromossomo 16 me recebeu entre lavadoras e secadoras, numa mesa delicadamente arrumada por madame Tsong. Ignoro se os leitores sabem que a cerimônia do chá se reveste de importância para eles, os chineses. Sou norte-americano, mas conheço os hábitos de meus ancestrais. Uma tinturaria é o último lugar do mundo onde encontraremos a calma e tranquilidade necessárias. Impossível relaxar a alma, encontrar paz e harmonia, escutando a barulhada de máquinas funcionando. Mas, observando o local — céus, minha avó morreria de desgosto —, pensei que, em se tratando de um louco e de outro descendente de *chinos*, o ritual até que seguiu direitinho os trâmites legais. A toalha bordada e a bela louça honraram o momento, Kuan Tsong desempenhou calmamente a obrigação de nos servir. Só repudio os biscoitinhos e a torta, concessão desnecessária aos costumes ocidentais. Tudo bem, o anfitrião e eu não somos chineses. Mas doutor Wang é. Kuan Tsong não precisava afrontar a tradição.

Desmentindo a fama de tímido, o doutor Wang entrou direto no assunto. Para quem vendia a imagem de alguém incapaz de se relacionar com o mundo real, o homem esbanjava esperteza. De saída, jogou-me um martelo na cabeça, informando-me que me chamara, pois eu era o mais completo chato de Los Angeles, quiçá da Califórnia. Ante o meu olhar de espanto, o mestre esclareceu que, se eu desconhecia o fato, ele me informava que os amigos comentavam a minha inconveniência, o meu jeito de julgar, de palpitar sobre qualquer assunto e pontificar sobre eles. Antes de conseguir recuperar-me do susto, doutor Wang continuou falando, sem prestar atenção ao quanto me magoara. Em vez de se desculpar, desandou a explicar que brevemente iniciaria uma pesquisa para verificar se cadeias cromossômicas determinavam a chatice:

— Talvez os chatos sofram de alguma disfunção genética, tal e qual os ex-obesos. No início, trabalharei com cobaias. Mas chegará a hora da testagem humana. Penso que o senhor contribuiria com a ciência aceitando meu convite. Já imaginou a honra? Transformar-se no primeiro ex-chato da história?

Entre um gole e outro da bebida quente, Yuan Wang indagou-me se lhe forneceria amostras de meu sangue, se isso, se aquilo. Enfim, encurralou-me em perguntas que, confesso, não recordo. Senti-me ofendidíssimo. Não lhe solicitara nenhuma opinião e, absolutamente, não me considerava chato. Delicadamente, expus-lhe o meu ponto de vista. Yuan Wang contra-atacou. Argumentou com os meus argumentos, não sei como os descobriu:

— O senhor costuma afirmar não esperar lhe pedirem conselhos. Sempre expressa pensamentos, sempre *acha* alguma coisa. Por que esta crise de pudor? Agi tal e qual o senhor preconiza: não esperei perguntas, falei claramente. À sua maneira.

Situação constrangedora. Diante de mim, o sábio do século reduziu-me a um rato de laboratório. Meu amigo Kuan Tsong, ar impenetrável, continuava enchendo as chávenas, como se não testemunhasse o diálogo absurdo. Resolvi enfrentar Yuan Wang, que manteve a calma e a objetividade. Mas desconfio que, pela primeira vez, alguém o chamou às falas. Jogamos um pingue-pongue verbal, ao gosto chinês. Perguntei-lhe quem o agraciara com o dom divino de identificar os chatos, já que, para alguns, o chato era ele. Chatice, concluí, é problema particular. Ninguém agrada todo mundo:

— Ou o senhor pensa que, apenas porque devolveu a felicidade a bilhões de gordos, incapazes de se sentirem belos, todos o amam? Engano seu, doutor Wang. Muita gente o considera um purgante. Antissocial, egoísta, grosseiro e, agora, prepotente. Com que direito pretende determinar quem é ou não é chato?

Louve-se a paciência do cientista, ele não perdeu a calma nem quando afirmei que não doaria sangue, não o ajudaria e não serviria de cúmplice à sua visão totalitária, que pretendia modificar as pessoas e o mundo segundo os próprios critérios.

— Não são os meus critérios. Há os chatos universais, desagradáveis em qualquer cultura. Há chatos como havia gordos, ambos poluem o mundo. Acabei com um, pretendo acabar com o outro.

— Gordura é uma coisa, chatice é outra. Gordura é concreta; chatice, abstrata. Sendo abstrata torna-se relativa. Até concordo existirem chatices inquestionáveis, como uma banda de rock *trash* tocando no quintal do vizinho. Mas, creia-me, doutor Wang, o sucesso lhe subiu à cabeça. O senhor virou um perigoso ditador. Quer determinar o comportamento humano. Só vale a sua opinião, seus gostos, sua perspectiva. Deus me livre de ajudá-lo. O senhor perdeu o rumo.

Yuan Wang não desistiu:

— Ao anunciar a cura do cromossomo 16, precisei pegar gordos no laço para lhes aplicar o tratamento? Absolutamente. Cem por cento dos obesos do mundo correram para mim, implorando ajuda. Os gordos sabiam-se gordos e sofriam física e emocionalmente. Com os chatos será diferente, concordo. Eles desconhecem a própria chatice, não sofrem por causa dela. Apesar de maltratarem os outros. A cura dos chatos configura-se mais difícil e demandará décadas. Acontecerá lentamente, consequência de pressões familiares e sociais. Não me caberá determinar quem se submeterá à Terapia da Chatice, não posso obrigar ninguém a se reconhecer um chato. Não se preocupe, por favor.

A tranquilidade do gênio, seu respeito pelos seres chatos ou não, perturbou-me. O que não me impediu de continuar ofendido. Discordei do projeto. Na verdade aborreci-me com a indelicadeza de ele confundir a minha forte personalidade com chatice. Peremptoriamente, recusei-lhe ajuda:

— Não conte comigo. Continuo acreditando existir um traço de autoritarismo na decisão de curar os *chatos*. E se eles não existirem? Se forem, apenas, pessoas mal-educadas? Como posso concordar em invadir a privacidade alheia? O senhor é chinês, não conhece os Estados Unidos. Aqui, nós nos respeitamos.

Doutor Wang colocou suavemente o pires na mesa, mordiscou um biscoitinho e respondeu levemente irônico:

— Ah, com certeza, respeitam. Sua ansiedade em, a cada momento, declarar-se norte-americano é a prova incontestе do respeito deste país às diferentes etnias. Não pretendo que invoquem a Primeira Emenda e convoquem um plebiscito para sabermos se a chatice existe ou não. Como o senhor afirmou, a chatice é subjetiva, há quem viva com chatos e os ame loucamente. Mas há os chatos universais, as metafóricas bandas de rock *trash*, que nos levam à loucura. São estes, as bandas, que, com ou sem a sua ajuda, vou curar. Infelizmente, o senhor recusou meu convite. Quem sabe, um dia, mudará de ideia? Agradeço-lhe a gentil presença, tomamos um agradável chá. Até logo, senhor Cheng. Talvez possamos nos reencontrar.

Levantou e despediu-me, sem servir a torta. O psicopata grosseiro deixou-me com água na boca, eu adoro chocolate. Mas, depois do que falamos, não existiam motivos de ele adoçar-me a boca. Eu, se já não confiava em Yuan Wang, passei a temê-lo. Inclusive acreditei que a sua ameaça — a afirmação de que poderíamos nos reencontrar — significava a intenção de tratar-me à revelia. Quem cresce em ambientes ditatoriais nunca se livra do autoritarismo, doutor Wang desconhecia o significado da palavra "democracia". Além do mais, vamos e venhamos, onde se escondera o tal cientista incapaz de falar em público? Dependente da esposa até para ir ao banheiro? O homem com quem conversei, articulado e incisivo, não refletia a imagem vendida pela imprensa. Meu Deus, quem era Yuan Wang? Uma jogada de marketing? Um biólogo brilhante? Um homem que se livrara da forte personalidade da mulher e decidira controlar o mundo? Em quê, em quem acreditar? Como alguém, expondo tantas facetas antagônicas, podia se supor capaz de modificar traços de caráter e a personalidade de bilhões de pessoas? Aonde aquela monstruosidade nos levaria? Quem diria, naquele momento, eu tangenciei o verdadeiro doutor Wang. Mas ele iria mais longe, ainda muito me surpreenderia.

Kuan Tsong encaminhou-me à porta, visivelmente constrangido. Tentei falar-lhe, mas só pude alertá-lo para não se aborrecer por seu quase abandono de Yuan Wang. Afinal, o doutor Monstro não merecia. Tsong não me respondeu, nem mesmo quando reclamei a oportunidade perdida de ajudar Yuan Wang a alcançar a felicidade:

— Eu ali, tão perto. Poderíamos conversar calmamente, ele ouviria meus conselhos. Mas, qual o quê, o homem é prepotente, um desequilibrado patológico. Sua megalomania exterminará a humanidade.

Desde então, não recebi notícias de Yuan Wang. Soube, pelos jornais, que ele não saía da tinturaria, eternamente enfurnado no socavão, rascunhando teorias. Soube também que Kuan Tsong recebera o prêmio de Empresário do Ano graças à habilidade administrativa que lhe permitira, em meses, triplicar a rede de tinturarias. Ao *Los Angeles Times*, Tsong declarou só não pretender investir na América Latina, apesar de as pesquisas de mercado revelarem a mania de limpeza dos *cucarachas*:

— Não parece, mas aquela gente é limpíssima. Inclusive, banha-se diariamente. O problema seria o gerenciamento das lojas. Enriqueci o suficiente, dispenso problemas. Infelizmente, os latinos ficarão sem a tecnologia da Lotus Flower e continuarão esfregando suas roupas na mãozinha. Como esfregam há séculos.

Finalmente, meses após a honraria concedida a Tsong — e a tristeza coletiva que se abateu sobre as Américas Central e do Sul, inconformadas de não receberem as benesses da Lotus Flower —, o doutor Wang saiu da toca rumo aos laboratórios da Ucla, gentil obséquio da universidade à poderosa North&Brothers, grande benemérita da instituição, anualmente despejava milhões nos estudos biológicos. O primeiro movimento do doutor Wang provocou a rotineira agitação de jornalistas, Yuan Wang quase não conseguiu andar, espremido por repórteres. Kuan Tsong socorreu-o e, como dinheiro sobrava, na mesma tarde providenciou um carro com motorista somente para, diuturnamente, atender o cientista.

Jing-Quo recebeu-o eufórico no portão da universidade. Os dois posaram para fotos abraçados, num clima sincero de confraternização entre sábios. No dia seguinte, a manchete do *Times* londrino reproduziu uma frase de Jing-Quo: "Nunca duvidei que este dia chegaria." Lógico que pensei: *"pois, sim, doutor Jing-Quo, a mim o senhor não engana; eu trabalhava na mansão de Chicago quando Wang adoeceu, testemunhei-lhe o medo, a relutância em afirmar que Wang pesquisaria em sua companhia; como se diz no Brasil — breve relatarei a minha visita a esse fantástico país tropical –, o senhor ficou no muro: para qual lado caísse, o senhor caía junto*". Depois, acusam-me de chato, considero um elogio, voejam à minha volta, igual mosca no verão, oportunistas, maus-caracteres e vigaristas. Sinceramente? Opto pela chatice. Eu me respeito, honro a minha seriedade. Não uso duas palavras, como o doutor Jing-Quo. Este, sim, um trapaceiro. Nesse caso, não errei.

Um dia, outro dia, semanas e meses. Rapidamente, a população de Los Angeles se habituou à movimentação de Yuan Wang. Ninguém prestava atenção ao pesquisador, que não deixou de comparecer um só dia aos laboratórios. De domingo a domingo, ele acentuava a corcunda debruçando-se em livros, computadores, microscópios e animais dissecados. Dependendo do desenrolar da investigação, podia ou não voltar para a tinturaria. Às vezes, dormia num colchonete, entre caixas de cobaias, freneticamente preocupado com a reação dos bichinhos. Até Jing-Quo reconheceu-lhe a competência. Em mais de uma entrevista, elogiou-lhe a dedicação e o espantoso conhecimento de biologia:

— Yuan Wang é extraordinário. Qualquer tecnologia e pesquisa de ponta, ele domina. Apesar de nossa convivência no estudo do cromossomo 16, confesso que desconhecia a imensidão de sua genialidade. Ao menos nos Estados Unidos e na China, não existe ninguém com a mesma sabedoria.

Quem conhecia a vaidade de Jing-Quo, a sua incapacidade de dobrar-se ante a superioridade de alguém, entendeu que Yuan Wang alcançara o *status* de semideus. A ciência não escondia segredos para o homem diferente, que morava numa tinturaria e não valorizava dinheiro. Acompanhei essas notícias durante quase cinco anos, aliviado por notar que Yuan Wang não mudava a expressão preocupada de quem não encontra respostas. Comecei a relaxar. Concluí que a história da chatice genética não passava de delírio de dois homens que, por dominarem a cadeia da vida, achavam-se senhores da própria. Dei-me ao luxo de férias. Fui ao Rio de Janeiro, Brasil, assistir ao carnaval. Voltei deslumbrado com a beleza das mulheres de seios nus, penduradas em carros freneticamente iluminados. Contaram-me que raras trataram os cromossomos 16, a maioria nasceu bela. Na velhice, porém, algumas se transformavam em matronas estranhíssimas, insistentes em exibir-se na mesma descontração das descendentes. Com quilos de maquiagem distribuídos no corpo, os seios paralisados tal qual seios de cadáveres, efeito da aplicação de próteses de silicone, as provectas dançarinas competiam as bundas plastificadas com as bundas perfeitinhas das netas encantadoras. Uma lástima, as senhoras brasileiras não sabem envelhecer. Ao menos, a maioria.

Mas não viajei tão longe para criticar culturas, cada qual usa uma lógica. A mim interessa a festa. Não entendo como os homens não entram em transe orgástico, as brasileiras desafiam a disciplina dos santos. Decidi que, anualmente, iria ao Rio de Janeiro participar da fantástica celebração à luxúria. Aprecio os povos que vivem naturalmente a própria sensualidade.

Mal pude aproveitar a minha decisão. Ao voltar para o hotel, numa destas revistas de *gossips*, vi as fotos do casamento de um norte-americano com a neta mais velha de Kuan Tsong, filha de sua macérrima e elegantíssima filha. Em instantes descreverei as maravilhas da boda. Antes, preciso confessar que me perturbou constatar, nos variados ângulos, o descontraído sorriso de Yuan Wang. Seguramente, decidi arrumando a mala para urgentemente retornar aos Estados Unidos, ele descobrira algo. Precisava me proteger.

Passei o voo folheando a revista e esmiuçando detalhes. Dava a mão à palmatória. Ao consertar o cromossomo da gordura, Yuan Wang realizara um milagre. No casamento organizado por seus bilhões de dólares — ou melhor, os milhões do avô da noiva — não havia ninguém feio. Homens e mulheres, esplendidamente vestidos, as roupas lhes torneando corpos perfeitos, criavam imagem de sonho. A noiva de traços orientais — chique, charmosa, delicadamente esnobe — lembrou-me madame Wang dos áureos tempos. Enfim — e finalmente — reconheci o sucesso de Yuan Wang. A minha geração ainda lembra de homens barrigudos, suados e vermelhos, acompanhando as senhoras esposas igualmente obesas, com as pernas cobertas de varizes, o rosto de papada escondendo o colar de pérolas, objeto sem valor no pescoço das bruxas. Yuan Wang não errava ao afirmar que, graças a ele, o planeta embelezara. De má vontade, durante uma época, enxerguei monotonia na paisagem igualitária de pessoas sem gordura. Mas bastava acrescentar dinheiro à magreza e o resultado espantava. As bodas da neta de Kuan Tsong revelavam um paraíso de esculturas vivas, de diamantes e de sucesso. Aliás, magro ou gordo, o sucesso é lindo, acrescenta charme aos chimpanzés. Acho que estou cansado...

Enfim, vendo e revendo as fotografias, constatando os extraordinários efeitos da Terapia Wang, distraí-me durante a noite insone entre o Rio de Janeiro e Los Angeles. Senti-me leve, menos agressivo, após reconhecer a sabedoria de Wang, um homem singular. Graças a ele, a humanidade melhorou.

Mas a realidade me encurralava. O ar vitorioso de Yuan Wang aconselhava-me a desaparecer. Providência tomada rapidamente, ante os olhos espantados dos filhos. Desmanchei minha casa, despedi-me dos herdeiros e, há dois anos moro no litoral da Califórnia, aguardando o anúncio de que a Terra se livrará dos chatos da mesma forma que se livrou dos gordos: através de uma pílula.

Precipitei-me, interpretei errado o sorriso de Yuan Wang. Seus olhos brilhavam por motivo diferente, detalhe que soube mais tarde. Mas, já que transformara a minha vida, tratei de me adaptar. Mantive a rotina rígida. Dormia e acordava cedo etc. e tal. Sozinho, na cidade pequena — sem filhos, sem netos, sem amigos —, avaliei meus comportamentos. Passei horas olhando o mar, pensando e repensando a acusação de ser chato. Concluí que discordava. Convenci-me de que Yuan Wang não me conhecia, jamais poderia julgar-me. Aliás, naquele tempo, não sabia se realmente sobravam chatos no mundo. Provavelmente, pela inexistência deles, ao menos como espécie genética, as pesquisas de Wang e Jing-Quo não chegavam a parte alguma. Cientistas, muitas vezes, perdem a noção da realidade.

Mas, quase sempre, conhecem o terreno onde pisam. Doutor Wang não se enganou. Nem ele, nem doutor Quo. Um ano depois de minha viagem ao Brasil, fui ao centro da cidade na intenção de uma compra, encontrar uns conhecidos, trocar dois dedos de prosa. Mas parei imobilizado ante a manchete dos jornais. De um jeito ou de outro, com mais ou menos escândalo, todos anunciavam a nova e extraordinária descoberta de Yuan Wang e Jing-Quo. Os extraordinários cientistas haviam sequenciado o cromossomo da chatice humana, batizado de CHEMP, sigla de Cromossomo dos Chatos Elevados à Milésima Potência. Enfim, os mestres comprovaram cientificamente o motivo de certas pessoas não conhecerem limites. Entre comentários de outros curiosos igualmente excitados — assustados? —, li a espantosa declaração do doutor Wang informando que a chatice, de tão espantosamente chata, só seria curada em parte:

— Ao contrário do cromossomo 16, que salvou todos os gordos, a chatice não é 100% curável. Mas Jing-Quo e eu prometemos alívio para uma metade e cura definitiva para a outra. Inauguramos a Nova Era.

Sem gordos e sem chatos, este planeta se transformará no céu. Alcancei o propósito de minha vida. Posso desaparecer em paz.

Estoquei comida e me tranquei em casa. Não sairei mais daqui. Reservei as alvoradas para andar à beira-mar, namorando a luz do sol cambalear no oceano. O mundo que aguente o tranco. Eu conheço o doutor Wang, ele só fica em paz quando alcança o pretendido. Mas nunca me encontrará. Os chatos o enfrentarão...

Descrevi quem eu já fui. Mas quem viveu o que eu vivi perde as ilusões. O mundo pertence a todos, cada um faz o que quer. Levei bastante porrada. Curar-me, não me curei. Continuo muito chato. Mas cultivo a autocrítica. Doutor Wang revelou minha enorme ignorância.

Eu nem sei contar o quanto, a partir desse dia, minha vida mudou tanto...

Madre Teresa, versão camundongo

Trancado em casa, acompanhei pela televisão as novidades. O mundo, extasiado, parou, reverenciando a nova descoberta do doutor Yuan Wang. Mais polêmica do que a primeira, claro. Mal acabou de ser anunciada e o papa quebrou a rotina de só discursar aos domingos. Em comunicado urgente lastimou os dois biólogos que tentavam imitar Deus. Numa encíclica rascunhada na correria do susto, o santo padre exortou os cristãos a evitarem o "tratamento maléfico", que, na certa, deixaria o purgatório vazio. Sem os inconvenientes, muitos pecados — entre eles, o da ira —, sumiriam do mercado:

— Compete ao Vaticano mudar a teologia. Os chatos servem ao Senhor, aprimorando a bondade de seus irmãos mais chegados. Não foi suficiente acabar com os gordos e disseminar a luxúria, o orgulho, a preguiça e a gula? Doutor Wang resolveu exterminar os sete pecados capitais à revelia da Igreja. Assim, não é possível...

Outras religiões falaram, não repito por respeito. Cito somente a espírita, alertando aos seguidores: livrar-se da chatice constituiria um erro. Cada um recorresse ao famoso- livre-arbítrio e, quem quisesse, mudasse. Mas sabendo as consequências e sem reclamar no futuro, pois pessoas aprumadas, sabidinhas, mas nem tanto, acabariam, novamente, renascendo em formas simples: besouros, sapos, cachorros ou, a maior miséria, apenas um gafanhoto das tristes pragas do Egito. Consertar o cromossomo CHEMP daria uma mão de obra. As alminhas irrequietas, que recusassem o carma de pagar os seus agastes, refariam um caminho já trilhado a duras penas: Mesopotâmia, Fenícia, Oriente Médio, Grécia, Pérsia, Roma. Nossa, uma trabalheira, melhor morrer chateando, sem consertar CHEMP algum.

Em diversas partes do planeta, manifestantes protestaram contra a ameaça de o ser humano "transformar a sua essência". Em cidades norte-americanas e europeias explodiram confusões. Grupos se reuniram defendendo os próprios hábitos e acusando os vizinhos de fastio sem igual. Na Ásia, polícia e passeatas entraram em confronto físico. Só em Seul, morreram duas pessoas entre possessos civis desarmados, que atacavam os guardas em fúria sanguinolenta. Não podia acabar bem, exageros atrapalham, lamentei. Há tempos observava a grossura de alguns povos. Bem faria o doutor Wang se tentasse decifrar o gene da violência.

A América do Sul dividiu-se em três grupos. De um lado, os maridos. Do outro, as senhoras esposas. Os dois empunhando cartazes, exigindo dos cônjuges tratamento imediato. No meio, amantes de ambos, ainda na fase bela de posar de agradáveis, mantiveram-se calados, sem piar opinião. Na África, a novidade não provocou comoções. Quem luta tanto na vida não consegue perceber se há enfadonhos ao lado. É bom frisar que as manifestações exibiam refinadíssima estética. Não lembravam, em absoluto, as antigas passeatas: gente gorda e suada, malvestida e penteada, em descaso absoluto com o esquecido amor-próprio. Graças à Terapia do Doutor Wang, quem saiu para reclamar contra o mais recente estudo de seu grande benfeitor surgiu engalanado. Multidões delgadas e charmosas percorreram quilômetros sem perder a compostura. A mais linda *mise-en-scène* que se possa imaginar. Não existe a menor dúvida: no quesito visual, o doutor Yuan Wang adulara a humanidade. Não conheço outro sábio de contribuição tão supimpa à elegância dos povos.

Havia entre nós diferenças, mas não negava o gênio e clarividência do espantoso doutor Wang. Cumprindo a previsão, anunciada por ele na tarde de nosso chá, os chatos inteligentes logo se manifestaram. Alguns, em agônica autocrítica, desfiaram o rosário de suas impertinências, implorando por ajuda. Outros reconheceram chafurdar na idiotice, sem dela querer livrar-se. Como nada nesta vida consegue unanimidade, este grupo também rachou. O primeiro subgrupo quis logo tratar seu CHEMP para agradar à família. O outro, prepotente, garantiu amar o CHEMP, que o tornava invulgar. A confusão começava.

Graças a um jornalista israelense, CHEMP de carteirinha, eu e quem mais quis conhecemos os detalhes da trabalhosa pesquisa que revelou o novo cromossomo. A entrevista comandada por ele rendeu quase uma dezena de programas. Não escapou um detalhe à sanha interrogatória do inquisidor. Aqui, uma ressalva. Jornalista qualificado, de informações precisas, necessita de um bom CHEMP. Escarafunchar o oculto é profissão de coragem e de muita impertinência. Só assim salta a verdade. Absolvo-os, todos. Admito, almejei a profissão, mas me faltou cacife. Sou discreto por demais.

Nos programas televisivos, Jing-Quo e Yuan Wang dissertaram sobre a recentíssima novidade: a chatice, comprovadamente, resumia-se a mal genético. Ou quase. Existiam amolações que melhorariam pouco. Por exemplo, remédios definitivos para o mau humor e o rancor jamais funcionariam 100%. Os genes determinantes dessas manifestações confundiam-se, os danados. Nem doutor Wang alçara determinar qual era um e outro. Então, ele e Jing-Quo, em consenso, resolveram tratar ambos como um só. Os mal-humorados crônicos, companhias detestáveis, passariam a irritadinhos. Lucro imenso, os amigos se apressaram a confirmar. Passar de irritadiço para emburrado *light* era um presente de Deus. Ou melhor, de dois chineses — comunistas, com certeza — que tontearam o papa, anunciando o conserto de parte da confusão construída em sete dias. Cá entre nós, modelar o nosso mundo — gente mal-acabada, bichos causando doenças, tantas línguas diferentes em países contrastantes, uns excedendo em riqueza, outros sofrendo miséria — numa urgência sem sentido revelava ansiedade. Deus andava estressado quando inventou o universo, não caprichou na obra. Trabalhar em correria é certeza de derrota. Agindo de apressadinho, o serviço desandou. Desculpo-me com os fiéis, quem sou eu para criticar. Mas que a Terra é uma lambança de Deus Pai, Nosso Senhor, ah, isso é...

Durante as entrevistas, Yuan Wang, como de praxe, investiu no papel de tímido, tão ao agrado do público. Gago, pálido, suando, no teatro corriqueiro de fingir-se de acuado, conquistou a audiência, cativada pelo gênio que preferia a modéstia. Enviei uma carta de protesto ao Estado de Israel. Com nome e sobrenome, só omiti o endereço. Não desejei me expor à sanha de um maluco do quilate de Wang. Na missiva — aprecio bons sinônimos —, revelei detalhes da oratória do gênio. Contei, entrando em detalhes, que testemunhei com meus olhos — melhor, os ouvidos: doutor Wang conversando animado e até me ameaçando. Claro, não responderam. Essa vida é assim: quem faz fama, deita na cama e ai de quem contestar. Eu, Zhan Cheng, conhecedor de Yuan Wang a ponto de narrar-lhe a epopeia, nunca fui levado a sério. Desdenharam-me. Doutor Wang, um artista, manipulou a plateia.

Os autores da descoberta desfilaram os seus saberes diante dos microfones. Jing-Quo, mais articulado, acabou o rei da mídia, falou até ficar rouco. Revelou-se espantado com a reação das pessoas e demorou-se explicando que o sequenciamento do cromossomo CHEMP não obrigava ninguém a se reconhecer inconveniente. Representava, apenas, alívio para um flagelo que atacava a *Wanger Family* — qual delas não tinha chatos? Curá-los significava devolver a paz doméstica, a felicidade plena às células primeiras da nossa sociedade, pois os chatos não sofriam, sofria quem os cercava.

Do blá-blá-blá de Jing-Quo interessou-me, especialmente, o relato da dificuldade dos cientistas para identificar o CHEMP. Graças ao *showman* israelense — sujeito insistente, meu Deus —, Jing-Quo contou tudo, tim-tim por tim-tim. Incensado na vaidade, nem reparou nas perguntas indiscretas. Esmiuçou os detalhes com a pose de um profeta. Deixou, inclusive, escapar que trabalhara atento a Yuan Wang. Admirava-lhe a sapiência, mas a sua excentricidade despertava-lhe temores. Confirmou minhas palavras: dentro de um laboratório, Yuan Wang se transformava, tornava-se verborrágico. Graças a esse repórter, reuni material. Conheço o ocorrido no exaustivo processo de garimpar o gene sabiamente batizado de *Chatos Elevados à Milésima Potência*. CHEMP, para os íntimos.

A novela começou quando, há alguns anos, Yuan Wang voltou a trabalhar na Universidade da Califórnia, após a morte do filho e consequente depressão. Apesar das fotos otimistas e das reportagens exaltando o reencontro dos sábios, Jing-Quo esperou-o discretamente desanimado. Durante meses estudara e dissecara os animais-xeretas e encontrara os mesmos nucleotídeos aglomerados, impedindo a existência da hidroxilia do carbono-5 da primeira pentose. Ou seja, um DNA sem rumo. Exatamente a descoberta de Yuan Wang, na China, em seu laboratório doméstico.

Ainda na estaca zero — o DNA sem rumo sugeria a possibilidade da Síndrome Chatice, mas não comprovava nada —, Jing-Quo e Yuan Wang discutiram meses, tentando decifrar o enigma. Poderiam vários tipos de chatos apresentar problemas cromossômicos idênticos? Ou para cada chato existiria uma alteração genética específica? De que maneira a pesquisa identificaria em seres irracionais, as cobaias, as diversas formas de chatice? Como perceber os espaçosos? Os que guincham/falam indevidamente? Os usurários? Os compulsivos? Características humanas que, talvez, as cobaias replicassem? De que maneira desvendá-las? Ou não haveria subdivisões para o grande universo dos chatos e todos sofreriam, trocando em miúdos, do mesmo DNA maluco?

A pesquisa começou nas poltronas, diante da vista esplendorosa do campus, onde os dois conversaram pela primeira vez. Trocando ideias, Yuan Wang e Jing-Quo esforçaram-se para compreender a lógica dos animais-xeretas. Beberam centenas de litros de café e comeram milhares de *donuts*. Graças à pílula do cromossomo 16, não engordaram. Riram lembrando a pesquisa do peso extra. Contaram piadas. Falaram mal da vida alheia. Mas, principalmente, dedicaram-se a pensar o que, afinal, capacitava alguns seres vivos a se comportarem de forma desagradável. Yuan Wang garantia que o gene sem rumo apenas demonstrava a direção da pesquisa e, talvez, curasse um tipo determinado: o dos incapazes de reconhecer os próprios limites. Na opinião dele, os comportamentos espaçosos geravam as outras manifestações inoportunas. Calmamente, expôs sua teoria:

— As chatices nascem da impossibilidade de alguém enxergar onde termina o seu alambrado. Pendurar-se na cerca já não é muito simpático. Pulá-la caracteriza invasão de privacidade. Acho que a vocação de avançar nos gostos e nos comportamentos alheios está contida no DNA sem rumo. As outras chatices são consequências diretas desse mesmo desequilíbrio, mas se localizam em diferentes cadeias cromossômicas. Ah, se as cobaias falassem...

Jing-Quo, entediado de dissecar animaizinhos e, sempre, encontrar a mesma resposta, animou-se com a proposição do colega:

— Podemos observá-los vivos, estabelecendo comparações com os comportamentos humanos. A partir das reações, emprestaremos a eles uma característica. Observaremos, dissecaremos até as pesquisas provarem, ou não, a nossa tese.

Yuan Wang gostou da sugestão, mas empacou na incapacidade de os bichos revelarem comportamentos metafísicos:

— Há chatices tão abstratas que jamais conseguiremos detectá-las. Cobaias não são religiosas, jamais tentarão convencer outra cobaia de que o mundo acabará ou que tal e tal comportamento a condenará ao fogo eterno. Não encontraremos o proselitismo da religiosidade fanática em camundongos ou porquinhos-da-índia. A racionalidade dos irracionais afasta-os do esoterismo.

Jing-Quo concordou:

— É engraçado imaginar um *M. musculus* estudando o Apocalipse maia ou o de são João. Mas podemos agir por eliminação e deixar os fanáticos, de qualquer viés, por último. Provavelmente, um fanático religioso sofre da mesma disfunção de um fanático político e/ou alimentar. O perfil radical é o mesmo. O gene, provavelmente, também.

Yuan Wang pareceu não escutá-lo:

— Chatos usurários, porém, acharemos facilmente.

O sério Jing-Quo explodiu em gargalhada:

— Por quê? Eles se apresentaram a você?

Yuan Wang também deixou de lado o ar de pesquisador famoso:

— Você nunca saiu com um grupo e, na hora de pagar a conta, alguém disse que só bebeu três goles da garrafa de vinho? Insiste em pagar pelos três goles e apenas pelos três goles, utilizando cálculos quase astronômicos? Estes são usurários pobres, a gente tropeça neles. Usurários ricos serão perdoados, ao menos enriqueceram. O lucro os reabilitou, pois rico não é chato, é exótico. Chato é quem conta migalha e ainda não dá troco. Facilmente os relacionaremos às cobaias.

Servindo-se de café, Jing-Quo assentiu:

— Basta acharmos as que cercam a comida e protegem-na, sem comê-la. Querem tê-la pelo prazer de tê-la. Você está certo, Wang. E já que você falou em vinho, e os bêbados?

Yuan Wang coçou a cabeça:

— Bêbado é o único chato comprovadamente doente. Se conseguirmos mexer em suas cadeias cromossômicas para que eles sofram menos, ficarei feliz. Síndrome de abstinência é difícil de suportar.

Doutor Wang falava e tomava notas em seu famoso caderno. Cada dia um novo chato encaixava-se num perfil. Os abusados e sem limites, pais de todos, originaram subgrupos, que, igualmente sem rumo ou prumo, não vacilavam em atropelar o próximo. Normalmente, pós-cerca. Ou seja, no terreno do atropelado. Jing-Quo considerou que, aos poucos, ele e o doutor Wang começavam a fechar o imenso leque dos chatos:

— Leque, aliás, onde sempre caberá mais um. Você verá, Wang, quando estivermos quase descobrindo tudo, um novo chato dará o ar de sua graça e precisaremos rever os procedimentos.

Os dias de discussões com Jing-Quo alegraram o doutor Wang: ambos pensavam de maneira semelhante, parecia fácil trabalhar com o compatriota. Não à toa deviam a formação básica à Universidade de Pequim, o que talvez explicasse a identidade ideológica nos assuntos científicos. Yuan Wang também concordava que o leque dos chatos não fecharia nunca e, embora considerasse que um tipo emergente e extremamente ativo — o dos chatos virtuais — encaixava-se perfeitamente na categoria dos *Espaçosos*, sugeriu que, por imposição tecnológica, deveria ser inaugurada uma categoria especial para abrigá-los:

— A recém-nascida internet modificou os padrões de comportamento, criando novos tipos de chatos. Com absoluta certeza, eles apresentam o mesmo DNA sem rumo. Pulam a cerca virtual na maior sem-cerimônia. Mas a nossa pesquisa ficará capenga se não os classificarmos como uma subtipagem altamente agressiva. Não se cansam de enviar PPS de pseudofilosofia, com trilha sonora melosa. Não entendo onde esta turma se escondia antes do advento da web.

Em pé, admirando a paisagem, Jing-Quo voltou-se sorrindo para Wang:

— Você está certíssimo. Acredito que podemos começar a criar a estrutura de chatos. Facilitará a nossa tarefa.

Caga-regras, hienas-gargalhantes, sabe-tudo, radicais político-religiosos, pretensiosos, profetas do fim do mundo, rancorosos, egocêntricos, omissos, doutrinadores, alternativos de todos os matizes, repetitivos, bonzinhos-crônicos, xeretas, donos da verdade, ecochatos, chantagistas sentimentais, enochatos, agressivos, autoritários, surdos opcionais, sonsos, mentirosos-compulsivos, vampiros-emocionais, amantes de

PPS, implicantes, fofoqueiros, terroristas-existenciais etc... etc... etc... e tal. Nossa, uma lista imensa. Antevendo a trabalheira que os aguardava, Yuan Wang, que circulava com naturalidade em várias áreas do saber, impôs uma pausa poética:

— Não podemos esquecer os que nunca levaram porrada, os campeões em tudo, os meus chatos preferidos. São *poseurs*, vaidosos e bobos. Quando os ouço falar, enaltecendo-se e contando vantagens, sem desconfiar da exposição ao ridículo, sinto vontade de chorar. Coitados, tão frágeis... É, ando emotivo, envelheci.

Conversando, decidindo cabeças de chave para englobar os vários grupos de torturadores do alheio, os cientistas gastaram dois anos. Antes de meter a mão na massa, desejavam catalogar os objetos de estudo. Só então comparariam os maneirismos das cobaias com os dos humanos. Ao fim de muito falatório, muito café, muitos *donuts*, Yuan Wang e Jing-Quo montaram um esquema denominado Ontogênese dos Chatos, que penduraram na parede mais iluminada do laboratório. Antes, acertaram que o quadro não revelava uma posição definitiva e poderia sofrer contestação por ambas as partes, em qualquer momento da pesquisa. Por exemplo: nada impedia que, no desenrolar dos estudos, o espaçoso-caga-regra pulasse para a subdivisão de vampiro-emocional-bonzinho-crônico. Tudo dependia das estruturas cromossômicas, reveladas pelo tempo.

Ontogênese dos Chatos

1) Espaçosos e sem limites

Causa possível: nucleotídeos aglomerados, impedindo a existência da hidroxila do carbono-5 da primeira pentose.

Observação: Todos os tipos de chatos, inclusive os classificados nas subseções 2, 3, 4 e 5, são derivados dos ESPAÇOSOS. Fica estabelecido, *a priori*, que a incapacidade de alguém se movimentar apenas no próprio espaço físico, existencial e emocional é a principal característica das variadas espécies de chatos. As subcaracterizações servem exclusivamente para facilitar os estudos.

❑ *Síndromes:*

- Fofoqueiros
- Faladores
- Faladores sem limites
- Faladores-repetitivos
- Inconvenientes
- Palpiteiros
- Profetas
- Caga-regras
- Sabe-tudo
- Doutrinadores
- Agressivos
- Mentirosos-compulsivos
- Terroristas existenciais
- Hienas-gargalhantes

- Donos da verdade
- Intrometidos
- Contestadores
- Implicantes

2) Vampiros emocionais

Causa possível: ?

❏ *Síndromes:*
- Radicais políticos, religiosos e de todas as inclinações filosóficas
- Profetas do fim do mundo
- Alternativos (qualquer variante)
- Bonzinhos–crônicos
- Chantagistas emocionais
- Ecochatos
- Enochatos
- Ignorantes opcionais
- Burros convictos
- Vítimas profissionais
- Hipocondríacos verborrágicos
- Hipocondríacos
- Bêbados deprimidos
- Bêbados agitados
- Bêbados
- Surdos opcionais
- Vaporizadores de perdigotos
- Sonsos
- Mal-humorados *full time*
- Rancorosos

3) Chatos virtuais

Causa possível: ?

- Remetentes de spam
- Remetentes de correntes religiosas
- Remetentes de correntes religiosas com ameaças
- Distribuidores de vírus
- Hackers
- Remetentes de PPS com fotos do Alasca/outras regiões remotas
- Remetentes de mensagens de autoajuda

Observação: Sendo ilimitado o universo virtual, também é ilimitada a sua plêiade de chatos. Inúmeros outros exemplos serão, a qualquer momento, acrescentados à lista.

4) "Nunca conheci quem tivesse levado porrada"

Causa possível: ?

☐ *Síndromes*

- Politicamente corretos
- Pretensiosos
- Avarentos (pobres)
- Egocêntricos
- Omissos
- Exibidos
- Mal-amados(as)
- Vaidosos/orgulhosos ilimitados
- Marqueteiros de si próprios

5) A serem classificados

Baseando-se na Ontogênese, Yuan Wang e Jing-Quo iniciaram as investigações. Encomendaram uma nova leva de cobaias — desta vez, em quantidade industrial — e, seguindo a intuição de Yuan Wang, dedicaram-se a observar aquelas com atitudes compulsivas para proteger o que consideravam seu, mesmo se os seus sensos de propriedade as levassem a proteger algo inútil.

Dia após dia, Jing-Quo admirava mais e mais o profundíssimo conhecimento biológico de Yuan Wang — o homem sabia tudo, parecia apreender a ciência por biosmose. A admiração quintuplicou com o primeiro resultado positivo. Não demorou muito para — após observarem cuidadosamente as "cobaias usurárias", modificando-lhes várias vezes a rotina sem, no entanto, conseguir transformar seus hábitos autorreferentes — eles encontrarem uma identidade cromossômica entre alguns animais. Testes feitos e refeitos, sem possibilidade de erro. Concluído o abate do último espécime, ambos dissecaram os M. *musculus* atentamente. Estudaram-nos laboratorialmente, realizando sofisticados testes de avançada tecnologia, inclusive com sondas cromossômicas luminescentes e microscópios de varredura. A descoberta impressionou-os. Antes, ninguém jamais imaginara a existência de ratos com característica tão marcantemente humana: a avareza. Entusiasmado, mal contendo a emoção, Jing-Quo chutou uma interpretação quase lacaniana:

— Também, com o nome de rato...

Yuan Wang riu, sem prestar atenção. Preocupava-se naquele momento em, pela última vez, comprovar no microscópio que, sim, os animaizinhos apresentavam o coincidente problema de duplicação do segmento cromossômico em quatro células DN, ou diploide normal. Realizada a prova definitiva, Jing-Quo perdeu a habitual compostura, riu alto, abraçou Yuan Wang, acendeu um charuto e comemorou a novidade:

— Ganharemos outro Nobel.

Ganharemos? Pensou Yuan Wang, sem, no entanto, abrir a boca. Precisava acrescentar ao rol dos *Vampiros Emocionais* o subtipo *espertinho*. Na manhã seguinte providenciaria. Naquele momento, por tão pouco, não estragaria o clima de felicidade. Anotou o dia e a hora da constatação científica e comentou com Jing-Quo que a facilidade acabara:

— Usurários têm comportamentos inconfundíveis. Agora, começa a parte difícil. Onde encontraremos pessoas com este perfil e que aceitem nos doar sangue? Temos que estabelecer a paridade com humanos. Senão, a pesquisa não existe. Você conhece alguém?

Jing-Quo conhecia: ele próprio. Constrangido, explicou que, pela ciência, não media esforços e esticou o braço para Wang recolher o sangue. Antes, passou com louvor no questionário que Wang lhe apresentou para avaliar a extensão e profundidade de sua avareza. Ao analisar as respostas, Yuan Wang se confessou chocado:

— Inacreditável. Você pertence ao tipo que paga somente os três goles do vinho. Se seu sangue apresentar a duplicação do segmento cromossômico diploide normal, teremos realizado uma descoberta revolucionária. Mas, sossegue. Como já expliquei antes, você não é um chato. Sua fortuna lhe garante o rótulo de "original".

O sangue de Jing-Quo confirmou a variação dos cromossomos DN. Yuan Wang se emocionou. Desde quando identificara os ratinhos-xeretas, no início da carreira de biólogo, sabia que eles escondiam algum segredo. Mas não imaginara, nem por um instante, que estes animais, que reproduziam tão perfeitamente a cadeia cromossômica humana, revelassem os mesmos defeitos de caráter:

— Nem sei o que dizer. Se eles repetem os defeitos, é claro que repetem as qualidades. Provavelmente, já degolei várias madres Teresa de Calcutá em versão camundongo. É apavorante, cobaias têm psique.

Jing-Quo, excessivamente alegre com o sucesso do estudo, não ligou nem para o extermínio das madres Teresa nem para a classificação de "três goles", apelido pelo qual, eventualmente, Yuan Wang passou a chamá-lo. Animadíssimo, pecado capital para quem pretende manter a visão focada, ele falseou:

— Devemos separar os animais pelo comportamento emocional. Carentes, que gostam de chamar atenção, manifestam-se de diferentes maneiras: falta de limites, exibicionismo, hipocondria, hipocondria verborrágica, inconveniência, agressividade etc. etc. Todos os comportamentos que jogam a luz dos refletores sobre eles caracterizam os carentes. Resumindo, os chatos são, antes de tudo, carentes. Se pensarmos assim, diminuiremos o foco de nossas observações.

Sim, senhor, pensou Yuan Wang, o doutor Jing-Quo formulara excelente hipótese. Pela primeira vez, na história da biologia, as cobaias passariam, antes da pesquisa propriamente dita, por sessões de psicanálise. Se, após a psicoterapia, os estudos comprovassem a existência de alterações cromossômicas, as horas de *conversa-vai-conversa-vem* no divã do analista acabariam no lixo. A atender-se a sugestão do emérito Jing-Quo, o primeiro grande problema seria encontrar especialistas capazes de comunicação emocional tão profunda com animais:

— Já que você acabou de inaugurar a psicanálise biológica, entrego-lhe o problema. Antevejo complicações. Ou os chatos são carentes, ou são geneticamente predestinados. As duas coisas simultâneas, convenhamos, é muita falta de sorte.

Sem entender o deboche de Yuan Wang, Jing-Quo tirou do bolso outra ideia estapafúrdia:

— Vamos isolar os animais por características. Mas como identificar uma cobaia hipocondríaca verborrágica? Se os animais não falam — ou, se falam, comunicam-se através de ruídos —, torna-se impossível saber se no emaranhado de sons que sobem das caixas há lamentos por doenças ou a descrição detalhada dos sintomas. Que faremos?

Subitamente, Jing-Quo lembrou-se de um antigo colega da escola primária, que assoava o nariz escandalosamente e, depois, em público, abria o lenço para detalhar a cor, formato e odor da secreção, acrescentando informações asquerosas. A recordação do menino no ato espetaculoso reforçou-lhe a convicção de que os chatos buscam somente atenção. Para alcançá-la, não medem esforços. Claro, há o desvio padrão: chatos que, em criança, não aprenderam a controlar os ímpetos. Não passam de adultos mal-educados, algumas palmadas os devolveriam aos eixos. Neles não existiriam alterações cromossômicas:

— Vamos reformular a Ontogênese, Wang. Chatos são produtos de carência afetiva.

Com um camundongo pendurado pelo rabo, pronto para seguir rumo à guilhotina, o doutor Wang olhou alguns segundos para o homem que lhe abrira as portas da ciência norte-americana. Rapidamente, processou as informações. Depois, colocou o camundongo de volta à caixa, anunciando:

— Precisamos conversar, Jing-Quo.

Na manhã seguinte, ao chegar para a jornada de trabalho, Jing-Quo encontrou Yuan Wang diante da janela do campus. Antes de qualquer pergunta, Wang antecipou-se:

— Aqui é o nosso lugar de pensar.

Voltaram às poltronas onde passaram semanas discutindo incansavelmente. Finalmente, Yuan Wang venceu: levando-se em conta a carência afetiva, a pesquisa sobre a chatice acabara. Carência servia para psiquiatras, psicólogos e afins. Existindo chatices oriundas de traumas — e se existissem, emoções dispensam provas laboratoriais —, os terapeutas que gastassem saliva tentando decifrá-las. Na pesquisa científica não sobrava espaço para divagações freudianas:

— Somos biólogos, não psiquiatras. Queremos os chatos verdadeiros, com alterações genéticas. Carência não é conversa de laboratório.

Jing-Quo bateu pé, mas cedeu. Yuan Wang novamente acertara. Os estudos deveriam ater-se à fisiologia.

Senão, empacariam. A discussão rendeu outro resultado útil: ambos concordaram sobre a impossibilidade de encontrarem uma variação genética para cada tipo de chato. Igual aos pepinos — ninguém diz, mas eles pertencem à família das abóboras — chatos aparentemente contraditórios podem se concentrar num mesmo clã. Elucidando-se um, elucidam-se todos. Recorrendo, novamente, à metáfora vegetal, Yuan Wang alertou:

— Nada impede que o chato-fofoqueiro se revele primo-irmão do chato-surdo-opcional. Igual à abóbora e ao pepino, que aparentemente são díspares, mas dividem a mesma alma. Provaremos em laboratório a estranha simbiose dos chatos antagônicos, mas que carregam DNA compatíveis.

Para acelerar os trabalhos, decidiram estreitar o campo exploratório. Até porque, impacientou-se Yuan Wang num assomo de sinceridade despido de qualquer vestígio científico, chato era chato, todos iguais:

— Exterminando a metade, realizaremos muito.

Voltaram às pesquisas. Mais algum tempo de trabalho e, finalmente, um exemplar do verdadeiro ratinho-xereta — o que sobe no braço do cientista, guincha sem parar, não para de se movimentar, enfia os bigodes onde não é chamado e enlouquece os companheiros — revelou coincidências com outros ratinhos igualmente xeretas. Neles, pela primeira vez, Yuan Wang e Jing-Quo encontraram exemplos perfeitamente iguais do distúrbio cromossômico que, mais tarde, batizariam de CHEMP: nucleotídeos aglomerados, impedindo a existência da hidroxila do carbono-5 da primeira pentose.

Se não é isso, é quase isso. Sou contador de histórias, esses nomes me arrepiam. Acho que pesquisadores usam e abusam deles para bancar os sabidos e excluir a ciência do nosso conhecimento, pobres mortais comuns. Então, os doutores Wang e Quo não poderiam anunciar que os ratinhos-xeretas sofriam de azia? Tão mais simples. Mas essa gente importante gosta de complicar. Eu nem sei se escrevi certo, desconfio que não. Chuto os nomes biológicos à medida que os escuto. E nem sempre escuto bem.

Voltando ao enredo. Desde o início da pesquisa haviam transcorrido quase quatro anos, os doutores Yuan Wang e Jong-Quo andavam preocupados. Foi nesta ocasião que me permiti o luxo de viajar ao Brasil. Como sabem os leitores, precisei voltar correndo. Anônimos sofrem em excesso, gozam racionado. Assustei-me tolamente com as fotos do casamento da neta de Kuan Tsong. Mal sabia eu que Wang bebera um pouco e se entusiasmara com uma amiga da noiva. Precisou Kuan Tsong chamá-lo à realidade: um senhor quase sessentão, mesmo sendo o grande sábio, não deveria arrastar asas para mocinhas de 20. Ao menos publicamente. A diferença de idade maculava a honradez da moral americana. Norte-americana, acrescento. Se Yuan Wang vivesse no Brasil, o caso não assustaria, embora chegasse ao fim provocando os mesmos danos. Cumpri a terceira idade, afirmo de experiente. Não importa em qual país, é ridículo um idoso desfilar com garotinhas na ilusão de macheza. O povo comenta que é corno. Nem Yuan Wang escaparia dessa crítica severa. Ainda bem que Tsong trancou-o no socavão e pôs a chave no bolso. Conheci esse capítulo depois de me esconder na praia onde, agora, escrevo. Kuan Tsong me contou. Um completo fofoqueiro, não dá para confiar em ninguém. Iguais a mim, sobram poucos. Não comento um centavo da vidinha alheia. Nunca.

Retornando aos fatos: encerrada a boda badalada, ainda escorreu bom tempo até o doutor Wang gritar sua novidade do cromossomo CHEMP. Ouvindo as entrevistas, descobri que, após a revelação da cura dos ratinhos-xeretas — bastava transpor um aminoácido —, o entusiasmo de Wang pelo trabalho arrefeceu. Jing-Quo suou forçando-o a trabalhar.

A duras penas, um após outro, Yuan Wang selecionou exemplares cujos estudos genéticos encaixavam-se perfeitamente na imperfeição dos nucleotídeos aglomerados, impedindo a existência da hidroxila do carbono-5 da primeira pentose etc. e tal. Falando claramente: a maioria dos chatos, como previra Yuan Wang, não passava de variantes da grande família *Espaçosos*. Um só tratamento os livraria do mal de atazanar os semelhantes. Também como farejara o doutor Wang, alguns subtipos acabaram demonstrando sofrer de igual distúrbio. Entre os chatos que Yuan Wang avaliava poder curar listavam-se: fofoqueiros, faladores, sem limites, inconvenientes, profetas, caga-regras, sabe-tudo, doutrinadores, contestadores, implicantes, radicais, profetas do fim do mundo, pretensiosos, rancorosos, egocêntricos, exibidos, sonsos e os virtuais. Os sobrantes, aparentemente, nunca se curariam. Ou curariam pela metade.

Ao escutar doutor Wang anunciar que desistia das pesquisas — descobrira o conserto da maioria das chatices e o alívio dos sintomas de várias outras —, Jing-Quo insistiu para os estudos continuarem. Quem diria, o apaixonado pela biologia, o Prêmio Nobel, o grande mestre Yuan Wang alegou cansaço. Andava extenuado, há mais de quarenta anos vivia em laboratórios sem pausa para refresco. A corcunda incomodava e crescia a cada dia, sentia dores no corpo. Desejava aposentar-se. Alcançara 80% do que propusera e perdera parte do ímpeto de dissecar cobaias. Além do mais, desde a confirmação do extermínio das madres Teresa, cada vez que necessitava matar um animalzinho, caía num abismo de dor e arrependimento. Portanto, sem discussões: dali para a frente, sintetizaria o tratamento, recolher-se-ia ao silêncio dos livros e computadores, vendo o planeta transformar-se em paraíso. Recebera uma missão, cumprira-a brilhantemente. Só desejava, finalmente, descansar em paz.

Sem o entusiasmo do Prêmio Nobel, a pesquisa desandou. Na opinião de Jing-Quo, se Yuan Wang dedicasse às chatices sem tratamento a mesma energia e gênio que dedicara aos *Espaçosos*, muito provavelmente todos os chatos do mundo encontrariam a cura. Yuan Wang, porém, não cedeu. Silenciosamente, continuou os testes para consertar as cadeias cromossômicas dos chatos identificados. Farejando a decisão do grande Yuan Wang, os ratos, camundongos, coelhos e porquinhos-da-índia, agradecidos por escaparem da execução, desandaram a passear sobre ele: nos pés, subindo pelas calças, no bolso do jaleco, pendurados nos ombros, sobre a cabeça. Jing-Quo olhava e desaprovava o gênio louco, incansável em surpreender.

No mesmo dia em que ele e Jing-Quo revelaram ao mundo a cura da chatice — o tratamento popular, apenas uma pílula, demoraria poucos meses —, Yuan Wang entendeu que a mais importante descoberta de sua vida não fora o cromossomo 16, nem a possível cura dos chatos. O melhor que a ciência lhe oferecera resumia-se à constatação de que os bichos eram outra forma de gente, com qualidades e defeitos humanos. Por isso, enquanto estudava os animaizinhos-xeretas, selecionara os camundongos mais simpáticos e levara-os para o socavão. Depois de avaliados, todos se revelaram pessoas de fino trato. Com eles, morava e dormia na maior felicidade. Gentis, os seus amiguinhos devolviam-lhe o afeto acordando-o com beijinhos. Ratos delicadinhos, melhores que muitas pessoas que lhe cruzaram o caminho. Há tempos não despertava tão feliz e bem-amado.

Claro, Kuan Tsong não desconfiava da infestação de *M. musculus* na tinturaria. Quando a notícia vazou, madame Tsong esforçou-se em manter as aparências, mas desmaiou ao esbarrar no ratinheiro zanzando pela loja. A filial que abrigava o socavão de Yuan Wang quase pediu falência. Incapaz de compreender a gentileza dos bichinhos — para ele, apenas ratos —, Kuan Tsong censurou o sábio rudemente. A incompreensão do maior amigo obrigou Yuan Wang a aprumar a corcunda, arrumar as malas, reunir seus adotados e abandonar o socavão. Mudou-se de malas e camundongos para o quarto de empregados da mansão de Jing-Quo.

Não durou muito tempo. Sem Wang na tinturaria, Tsong se entristeceu. Por culpa de seu mau gênio — OK, fregueses não gostam de ratos, mas clientes irritados valem menos que amigos — ele perdera a companhia de um gênio tolo e ingênuo, incapaz de viver só. Protegera-o a vida inteira, não podia abandoná-lo. Chegara ao limite extremo de destratar-lhe a ex-esposa, tentando impedi-la de, com a sua presença, magoar novamente o sensível coração do estranho doutor Wang. Agora, nem com Ming o cientista contava, pois ela voltara à China, onde se transformara em budista radical. Com o coração apertado e usando a procuração como desculpa, Tsong procurou Wang e lamentou o ocorrido. Conhecia o cientista pelo lado do avesso, abriu-lhe o coração. Recitou a amizade que os unia há décadas, as emoções divididas. Lembrou-lhe o afeto da família Tsong, o bisneto pequenino batizado de Yuan. Jurou que a procuração não lhe interessava, a rede de tinturarias valia muito dinheiro. O existente entre os dois, nenhuma fortuna pagava, pois ninguém paga o amor. Ao notar os olhos do ex-hóspede brilhando, sua boca se alterando em quase meio sorriso, sentiu que o convencera. A conversa desaguou na ideia aprovada da construção de um quarto com o luxo de banheiro, nos jardins da mansão Tsong. Além, claro, de espaço para as cobaias:

— Até lá, volte para o socavão. Você já pertence à família.

Enquanto durou a construção da nova moradia do Nobel *homeless*, ele retornou para o buraco embaixo da escada, sem desconfiar do alívio de Jing-Quo com a sua despedida. A família Tsong recebeu Wang em euforia e madame Tsong providenciou uma enorme gaiola, com edredons macios, para acolher os ratinhos, impedindo-os de saracotear entre as roupas limpas e passadas. A rotina se instalou e, logo, o novo apartamento de Yuan Wang ficou pronto: quarto, banheiro, solário, uma pequenina sala com as janelas se abrindo para a amplidão do mar.

Excesso de luxo, Yuan Wang não entendeu o motivo de tanto conforto inútil. Ao adentrar no espaço desmedido, decifrou a finalidade da banheira: abrigava os bichinhos à noite. O solário, como o nome indicava, alegrava os "meninos" na hora das brincadeiras. Emocionado, o famoso doutor Wang entendeu a beleza da amizade de Kuan Tsong. Seus ratinhos viveriam noites protegidas e dias ensolarados, na mais calma e santa paz. Como eles mereciam e todos nós merecemos, suspirou Yuan Wang horas depois, distribuindo ração noturna e se preparando, para, confortavelmente, dormir a primeira noite calma no seu novo endereço. O último nos Estados Unidos da América.

Nunca entendi direito este episódio obscuro, nem a briga com Tsong. Mas o tempo avalizou a minha desconfiança de que Yuan Wang planejou o fracasso do *kit* antichatice, por isso abandonou as pesquisas antes de concluí-las. Sinceramente, não sei. Quanto mais penso, mais acho que perder, ele não perdeu. De uma maneira ou outra, alcançou o objetivo.

Como avisei aos leitores, sabia desde o início que o famoso doutor Wang exalava algo suspeito. Eu não me deixo enganar e nunca levo porrada. Sou um campeão em tudo. Ou era. Sei lá...

Terapia Porrada

Meses após Yuan Wang instalar-se no pequeno apartamento com vista para o mar, a North&Brothers Drugs and Health colocou no mercado a medicação que curaria definitivamente alguns tipos de chatice e amenizariam os sintomas de outras. Porém, as previsões de venda do revolucionário tratamento, quase iguais aos inacreditáveis números da *Terapia de Emagrecimento do Doutor Wang*, não se concretizaram.

A decepção com o novo milagre começou logo após uma mulher espanhola de terceira idade, com alma de touro ensandecido — perfeita versão humana dos ratinhos-xereta, desconhecia limites —, engolir a nova pílula. Até a data de sua adesão à Panaceia Wang/Quo, a madame acreditava que as cercas existenciais não passavam de reles adorno metafísico. Desde a mais tenra idade, derrubara as que encontrara pela frente. Nem a família, nem os amigos, sequer quem se aproximava distraído ficavam a salvo de sua vocação de ensinar, explicar, teimar, reclamar, impor, revirar a vida alheia de ponta-cabeça simplesmente por acreditar que, ao jeito dela, as coisas funcionavam melhor. Tanto a cidadã destruiu alambrados, revolveu gramados e defecou pelos jardins, que a sua única filha, amargurada após o quinto marido abandoná-la por não suportar a sogra, enclausurou-se num quarto e avisou que de lá só sairia quando a Saúde Pública exterminasse-lhe a genitora.

O caso parou nos jornais que, por falta de notícia melhor, exploraram *ad nauseam* a história da moça triste e de sua mãe torturante. Até o ministro da Saúde, chamado às falas, precisou explicar em rede nacional de televisão que, em países civilizados, pessoas não são executadas apenas por exibirem deficiência de interação social ou DIS, como preferem os psiquiatras. À cata da primeira voluntária, Yuan Wang e Jing-Quo vibraram com a novidade e convocaram a chata para inaugurar o tratamento. Com o apoio entusiasmado da herdeira, que, finalmente, abandonou o esconderijo, a senhora — sem saber, naturalmente, um verdadeiro CHEMP nunca perde o controle das situações — engoliu a fórmula milagrosa, disfarçada num copo de laranjada.

Frustrados, os sábios constataram que a terapia antichatice carece de precisão. Curar, ela se curou. De fera sem freios transformou-se em doce vovozinha amorfa, patética, sem graça, sem gosto e sem vida. Ou seja, uma chata pelo avesso: não fedia, nem cheirava. A ex-trancafiada desesperou-se, a mãe continuava tão trabalhosa quanto antes. Não conseguia tomar uma simples decisão, pedia licença para tudo, encolhia-se humilde no canto. Resumindo: só de olhá-la, a jovem perdia a paciência. Imediatamente, psiquiatras correram à luz dos refletores, pontificando que as mães, não importam as suas atitudes, sempre irritarão os rebentos. Inútil ministrar à velha espanhola a terapia antichatice. Com ou sem tratamento, ela continuaria insuportável, já que as mães, de todos os quadrantes, sofrem de incuráveis humores nefastos. Yuan Wang e Jing Quo abraçaram a tese psicanalítica, mas, entre si, lamentaram não terem, na Ontogênese dos Chatos, criado uma chave especial para a maternidade. Erro imperdoável, lastimou-se Jing-Quo, consolado pela sapiência invulgar de Yuan Wang:

— Essa não é uma chatice genética. Portanto, não se caracteriza como problema biológico. Com certeza, a impertinência matriarcal deve-se a distúrbios hormonais na gravidez ou no parto. Obstetras e ginecologistas que pesquisem tal comportamento. Nós, os biólogos, preocupamo-nos com os chatos cromossômicos, não é o caso das mães. Aliás, como Pessoas Físicas, elas até podem ser CHEMP. Mas a atribulação comum a todas surge com o fenômeno da concepção. Estamos conversados.

A imprensa, preparada para armar a festa contra os dois, achou ótima a ideia de uma chatice conceptiva e, imediatamente, encampou a tese dos irrefutáveis gênios. Após a pirotecnia habitual — páginas e páginas laudatórias em revistas e jornais, preciosos minutos de televisão enaltecendo Yuan Wang — as redações voltaram a prestar atenção nos CHEMP e armaram as suas estratégias para correr atrás da turma que, emocionada com a chance de parar de importunar os entes amados, optava por usar a alquimia dos sábios orientais. Outra decepção: os CHEMP pós-terapia ficaram abobados ou mudaram de estigma. As *Vítimas Profissionais*, felizes de não mais reclamar de insuperáveis problemas, foram o único milagre com 100% de acerto. Os outros CHEMP, perdidas as suas características de caráter, desencontraram-se. Terminaram infelizes, silenciosos, esquecidos pelos cantos.

Na mira da mídia — e em quantidade infinitamente menor do que a esperada pelos biólogos e pela multinacional —, os CHEMP começaram a, discretamente, sair da toca. Devidamente tratados, cada tipo de chato apresentou um inesperado efeito colateral. Os *Hipocondríacos-verborrágicos*, por quem nem os médicos demonstravam respeito, faleceram em poucos meses, distraídos dos pequenos sintomas que, antes, os enlouquecia: dor no estômago, tonteira, emagrecimento, tosse ininterrupta. Um a um, despreocupados com a própria saúde, acabaram fulminados por ataques cardíacos, derrames cerebrais, cânceres, tuberculoses e outros males que, sim, costumam mandar recados antes da investida final. Os *Donos da Verdade*, subitamente inibidos de procurar no *Google* a resposta para tudo, aliviaram o trânsito na internet, que se tornou extraordinariamente mais rápida. Em compensação, deprimidos pela perda de audiência — seu repertório de saberes superficiais subitamente desmanchou-se no ar —, muitos se suicidaram, outros se mudaram para o interior, a maioria calou-se, sem plateia, sem sorrisos, sem chacotas, sem nada lhes justificando a existência. Desprovidos da vantagem de aliviar a navegação virtual, os *Caga-regras* sofreram o mesmo efeito e reagiram igualmente: 100% deles arrastavam-se frustrados. Os *Profetas do Apocalipse*, coitados, renasceram racionais e céticos. Relembravam, saudosos, o gozo imenso de assustar as pessoas com enredos do outro mundo: tsunamis monstruosas, chuvas de fogo e brasa, terremotos, maremotos, o demo saracoteando e escolhendo alminhas para habitar no inferno. Sem o medo alheio amparando-os, eles perderam o charme. De certa forma, como intuíra Jing-Quo, os *Profetas do Apocalipse* revelaram-se carentes: assombravam os ouvintes para receber de troco olhares de gratidão. Afinal, ensinavam a rota de fuga aos que pretendiam salvar-se. Desprovidos deste dom, os *Profetas* viviam malíssimo, numa rotina apagada, sem o necessário horror.

O sumiço dos *Chatos Virtuais* diluiu as viroses cibernéticas, elevando o preço das ações das grandes empresas de informática. A Rede Mundial de Computadores alcançou uma pujança nunca antes imaginada, recolhendo mais os humanos à intrigante solidão auspiciosa. Ignorantes no manuseio das máquinas — até então, os *Chatos Virtuais* restringiam as atividades a retransmitir chatices enviadas por outros CVs —, os ex-*Chatos Virtuais* vagavam nas ruas vazias, solitários e sem amigos. Muitos desandaram a falar sozinhos. Os *Terroristas-existenciais* tornaram-se *Bonzinhos-crônicos*. Desistiram de lembrar fatos escabrosos, relacionando uma simples verruga ao melanoma da vizinha que, em meses, destruíra-lhe as feições e a vida. Por sua vez, os *Bonzinhos-crônicos* transmutaram-se em amebas. Alguns, até no aspecto físico: gelatinosos e com visual heterodoxo. Uma tragédia completa.

Fofoqueiros e *Palpiteiros* engoliram a própria língua. Quem salvou-se do sufocamento, descobriu-se gago ou mudo. Impedidos de expressar opiniões malucas, de enfiar os nariz em decisões alheias, de *achar* o indevido, de murmurar maldades. Os *Fofoqueiros* e *Palpiteiros* surtaram. Ansiosos, esforçavam-se em falar, mas tropeçavam nas sílabas. Ou as engoliam atônitos, sem emitir um som. Após a pílula, a imensa maioria dos *Fofoqueiros* e *Palpiteiros* sofreu forte depressão. *Chantagistas Emocionais* deram uma mão de obra, receberam duas vezes a dose indicada. Na primeira, estrebucharam. Choraram, gemeram, engasgaram. Assustaram as famílias ameaçando um quadro de grave anafilaxia. Depois, dormiram quietinhos. Nunca mais importunaram com a conversa mole de enfarte, caso as suas vontades não recebessem atenção. Mofados, rolaram esquecidos na esquina do desamor e da mágoa.

Os *Eco* e *Enochatos*, obrigados à modéstia, soluçaram sem medidas e recriaram-se em *Vítimas Profissionais*. Os *Implicantes* murcharam. Perdida a sutileza de enxergar os detalhes que lhes fornecia argumentos, eles acordaram cegos e trocando bengaladas na ânsia de incomodar. Aumentaram a triste taxa dos *Chatos Agressivos*, recolhidos às masmorras. De uma hora para outra, os *Sonsos* incorporaram os *Donos da Verdade* e, medrosos, suicidaram-se. Os *Ignorantes Opcionais* inventaram trapalhadas. Bostejaram idiotices, tantas e tão variadas, que 90% sequer engoliu a pílula. Os vizinhos, irritadíssimos, os degolaram antes.

Uma infindável ciranda. Um a um, vários CHEMP de diferentes matizes enfrentaram a terapia. A maioria falhou, o mundo tornou-se monótono. Até os *Vaporizadores de Perdigotos*, um CHEMP unanimidade, criaram uma lacuna. Depois de suas "curas", descobriu-se que fábricas francesas de perfume lhes pagavam fortunas para medir o alcance da emissão de saliva. A indústria pretendia lançar um spray pós-moderno, que realçava os aromas, e os *Vaporizadores de Perdigotos* forneciam os parâmetros. Devolvidos à normalidade, perderam o *pro-labore*, garantia de sustento. Ficaram revoltadíssimos. Nestas primeiras abordagens, apenas uma vitória: os doutores Wang e Quo descobriram que os não CHEMP encaravam a nova pílula como se engolissem água. Não sofriam coisa alguma, nada se modificava. Neste ponto, acertaram, não erraram mesmo a mão.

O clima de desastre e o passar do tempo amontoaram as pílulas antichatice nas prateleiras das farmácias. Em poucos meses, assustadíssima, a North&Brothers assumiu o fracasso. Desacostumada a administrar o insucesso, a multinacional perdeu o rumo e convocou os chineses a uma reunião. Quem sabe os sábios famosos apontariam onde erraram? Jing-Quo respondeu ao chamado com a pompa devida a um dos maiores biólogos do século. Afinal, lixava-se para os CHEMP. Na verdade, ele ocupava o cargo de Chefe dos Laboratórios de Biologia da Ucla, um dos mais famosos do mundo. Ancorado em tal *status*, exigiu avião particular e a suíte presidencial do hotel mais sofisticado. Ainda avisou só dispor de dois dias, nem um segundo extra:

— Tenho mais o que fazer.

Yuan Wang, contrariado — detestava Chicago desde a morte do filho e o posterior divórcio —, desembarcou de um voo de carreira, com camundongos no bolso, responsáveis por um quase pouso de emergência. Um deles escapou e espalhou pânico a bordo. Perdoaram Yuan Wang por ele ser quem era, mais da metade dos passageiros nascera consertada, sem chance de engordar. Como punir tal figura? Uma quase santidade? Após muita confusão — senhoras magras e histéricas berravam com os pés sobre as poltronas —, um dos comissários, num salto acrobático, impediu a ex-cobaia de morrer esmigalhada pela porta do banheiro. Devolveu-a trêmula e assustada — o ratinho ofendeu-se, os viajantes gritavam, é triste a rejeição — a um doutor Wang quase em lágrimas, que a afagou com carinho e guardou-a no bolso interno do paletó:

— Aí você aquece e esquece. As pessoas são assim, excedem em autocentrismo.

O encontro dos cientistas com o CEO da North&Brothers concluiu-se em litígio. Yuan Wang declarou-se desinteressado do prejuízo da empresa:

— Cumpri a minha parte, curei os CHEMP. Ninguém me pediu para deixá-los alegres, esta é outra história, que demanda outra pesquisa. A terapia encalhada é problema dos senhores.

Jing-Quo, preocupado com os milhões de dólares que perigavam não pingar em sua conta bancária, pomposamente explicou que faltava um psiquiatra para endossar a receita:

— Chatice é diferente de gordura. O sobrepeso, um fato, ninguém ignorava. Os gordos sofriam e buscaram salvação. A chatice é uma ideia, quem é chato não se enxerga. Por livre e espontânea vontade, alguns milhares, talvez, procuraram o tratamento. Curar, nós os curamos. Ficaram tolos, é verdade, mas esqueceram a chatice. Esperar que, depois do acontecido, alguém se aventure de novo na nossa terapia é inocência e tolice. Portanto, sugiro denúncia anônima e cura compulsória. Os acusados comparecerão à presença de um psiquiatra e serão tratados à força.

Espantado, Yuan Wang esqueceu um camundongo rodopiando na mesa e manifestou-se contra:

— Alguém leu *1984*, do Orwell? O *Brave New World*, de Huxley? A North&Brothers vai avocar-se o papel de Grande Irmão ou se transformará na nova versão do Ministério do Amor? Bem que me avisaram, pretender curar a chatice redundaria em autoritarismo. Seu erro, Jing-Quo, o erro de todos os presentes, é a falta de cultura. Freud avisou, mas não custa repetir: tudo que a ciência descobriu, artistas previram antes. Saber, meus amigos, é mais do que decodificar cadeias cromossômicas. Não existe ciência sem humanismo, essa sugestão é amoral.

Inflei de orgulho ao saber que o doutor Wang se lembrou de mim. Eu o adverti para o risco de chantagem, do excesso de autoridade nas mãos de alguém. Só o censuro pela omissão da fonte, deveria ceder-me o crédito. Sua maneira prepotente é típica das pessoas que se creem muito espertas, é claro que ele lembrava quem lhe soprou a sugestão. Mas vê lá se o grande sábio citaria um guarda-livros como o autor da ideia que ele ousara repetir? Muita falta de modéstia. Doutor Wang não passava de um engodo com seu jeito humilíssimo e os ratinhos no bolso. A mim, não enganou, sabia que escondia um segredo. Pensei em algum crime horrível em sua pátria de origem. Talvez nas Ilhas Maurício, onde arrumou os diplomas do mestrado e de doutor. Desconfiei desse "chino" desde a hora que o vi. Depois, mudei de ideia, achei-o só diferente, cheio de manias doidas. Enfim, ele embaralhou-me, seduziu-me como a todos. Mas agora o importante é que gostei da lembrança de nossa antiga conversa, senti-me bastante honrado. Afinal, vias transversas, eu entrei para a História. OK, OK. Voltarei aos fatos, falei além do devido.

Para quem se habituara à tradicional pasmaceira de Yuan Wang, a reação irritada provocou espanto. Jing-Quo ofendeu-se. Mais com a acusação de autoritarismo do que com a de ignorância. Vivia há tempos nos Estados Unidos, aprendera a amar a liberdade e a desprezar pensadores:

— Autoritário, eu? Apenas defendo os direitos da empresa farmacêutica que custeou as pesquisas. Nosso interesse é o dela, pois os lucros serão nossos. Seu, meu e da North&Brothers.

Doutor Wang contestou-o:

— Meu interesse não é o da North&Brothers, nunca foi. Meu interesse é descobrir caminhos que facilitem a vida, inclusive a humana. Esta é a missão dos biólogos. Não compactuarei com a proposta indecente de encaminhar pessoas ao matadouro. Se elas se gostam chatas, ninguém pode interferir.

Quem verdadeiramente conhecia Yuan Wang sabia de seu humanismo, seu repúdio à violência, seu conhecimento vasto. Mesmo assim, houve quem se assustasse com o seu último conselho, antes de decidir largar a diretoria da North&Brothers falando sozinha. Encaminhando-se à porta, doutor Wang advertiu:

— Vocês estão propondo uma versão pós-moderna do *Tratamento Ludovico*. Existem apaixonados por Beethoven e, só por isso, os amigos e a família consideram-no desagradável. Obrigar alguém a abandonar o amor pelo belo, considerado chatice por quem detesta a música clássica, é ajudar a exterminar a emoção do planeta. Não contem comigo para um tratamento experimental, que criará milhões de Alexander DeLarge.

— Quem foi Ludovico DeLarge?
— Quem era o seu filho Alexander?
— Não é Ludovico DeLarge, é Alexander DeLarge...
— Como? Não são parentes?
— Por que doutor Wang os citou?
— Céus, que terapia é essa? Pretende curar os chatos?

Burburinho. Executivos, publicitários, marqueteiros falaram ao mesmo tempo. O ratinho se assustou, encolheu-se nas mãos protetoras do amigo. Aborrecido com as vozes sobrepondo-se, o CEO — sabido de números, analfabeto em humanos — socou a mesa:

— O que é o Tratamento Ludovico? Quem é Alexander DeLarge? Por que a North&Brothers ainda não controla essa terapia?

Constrangido, o desconcertante Wang explicou-se aos presentes:

— Refiro-me ao filme *Laranja mecânica*, dos anos 1970. Assisti-o nas Ilhas Maurício, terminando o doutorado. Tiro certeiro, retrata, com antecedência, o que a North&Brothers, a seguir o conselho de Jing-Quo, implementará. A Arte é implacável, senhores. Reparem, sem esforço, só num pequeno estalo, lembrei-me de três exemplos do mundo autoritário e desumano proposto por meu colega. Um lastimável cientista, néscio e insensível.

O CEO irritou-se com Yuan Wang. Discurso prepotente, só o dele. Aos outros competia amedrontar-se. Desagradava-o muitíssimo a insolência de Wang, que até podia ser sábio, mas não passava de um empregado da riquíssima multinacional:

— Doutor Wang, o senhor esquece os milhões de dólares que a North&Brothers já lhe entregou.

— E o senhor não lembra os bilhões de dólares que a North&Brothers lucrou nas minhas costas. Ou corcunda, como queira.

Claro, a reunião desandou, a discussão alastrou-se e a paz só retornou quando, após enfiar o camundongo no bolso, Yuan Wang despediu-se dos presentes. De quebra, convidou Jing-Quo a acompanhá-lo, insistindo que se os chatos não pretendiam tratar-se, o problema era dos chatos. Para obrigar alguém a curar-se, por favor, o esquecessem. Ele, Yuan Wang, respeitava demais os homens e a ciência biológica para se prestar ao papel de degradá-los.

Decepcionando o doutor Wang, Jing-Quo se recusou a voltar para casa, apesar de ainda tentar dialogar. Num último esforço para impedir o Prêmio Nobel a abandoná-lo na rinha, Jing-Quo segurou Wang pelo braço, obrigando-o a escutar os últimos argumentos, sussurrados em Mandarim:

— Pensa bem, meu amigo. Pegaremos à força apenas os CHEMP. Quem tomar nosso remédio sem ser CHEMP, não sofrerá coisa alguma. Nem efeitos colaterais.

Yuan Wang se comoveu com a aflição do parceiro e baixou o tom de voz, falando também na língua que os ligava à pátria:

— Existe alguma estatística de quantos CHEMP há no mundo? Dá para calcularmos o número de pessoas que se transformarão pela violência? Sua proposta é agressiva, Jing-Quo. Contaminado pelo delírio do lucro, você ignora a ética e o respeito ao próximo. Virou o vilão científico, que só pensa em mandar.

Jing-Quo acenou com a cabeça como se concordasse, mas insistiu na ideia de impor o tratamento:

— Nosso nome está em jogo, não podemos falhar. Se este é o único jeito, então que seja assim. Usaremos a violência, os próprios chatos pediram.

— Não, Jing-Quo, eu não compactuo com violência, nem meu nome está em jogo. Entendo a sua angústia e, para vê-lo realizado, aceito voltar ao laboratório e recomeçar as pesquisas. Mas jamais o ajudarei a agredir as pessoas.

Problema resolvido. Triunfalmente — em inglês, naturalmente —, Jing-Quo anunciou ao *Board* da North&Brothers que ele e Yuan Wang tentariam aprimorar o tratamento antichatice. A paz entre os cientistas durou menos de um minuto. O CEO não aceitou a ideia consumidora de mais dólares e tempo, prejuízo incalculável. Ameaçando romper o contrato — sem vendas, sem lucro, nada para os cientistas —, ele determinou a aplicação imediata da Terapia Porrada, proposta por Jing-Quo. Envergonhado, o pai da Nova Violência acatou silenciosamente. Interponho os meus palpites. Na certa Jing-Quo pensou que, vendendo a alma ao diabo, tornar-se-ia riquíssimo, igualzinho ao doutor Wang. Dinheiro, como sabemos, ilude quem o adora. Não sei como Jing-Quo ignorou que Yuan Wang, apesar de bilionário, não se preocupava com as contas bancárias. Passava os dias com os livros, deitava à noite com os ratos, mas pouca gente no mundo sabia-se tão feliz. Doutor Wang se bastava, apreciava a si mesmo e tocava a sua vida sem precisar de ninguém. A felicidade era ele; a realidade, seus sonhos. Essa fatal consciência da solidão humana e de que nela, apesar de tudo, existe a felicidade foi, em minha opinião, outra de suas importantes lições. Custei para entendê-la.

Os sábios se despediram sem trocar uma palavra, somente curvando a cabeça como é usual na China. A expressão do doutor Wang revelava decepção. A de Jing-Quo, raiva. Os companheiros de jornada numa pesquisa excitante transformaram-se, num piscar de olhos, em inimigos mortais. Nenhum dos dois esqueceu aquele instante trágico. No futuro, eles travariam a grande batalha. Há os crentes e os que não creem, mas existem testemunhas. Acho que assisti ao ato derradeiro. Ou, então, sonhei com ele. Mas o fato aconteceu. Dizem.

Tão logo Yuan Wang bateu à porta, o ressentido Jing-Quo voltou à mesa de negociações. Avaliando esse momento, narrado pessoalmente pelo doutor Wang, penso que o doutor Quo, reverenciado diretor dos laboratórios da Ucla, estudioso respeitado até a ambição cegá-lo, imaginou que, inclusive na integridade moral, o cientista de merda, para quem abrira as portas, superava-o com louvor. Inveja. Não há sentimento tão determinante, consegue mover montanhas. Afinal, na cabeça de Jing-Quo, o chinesinho à toa traíra-lhe a amizade na frente de homens nobres. Capitalistas riquíssimos. Daquele dia em diante, Jing-Quo manteve Yuan Wang na mira, decidido a abatê-lo ao primeiro deslize. Pouco adiantou. Discretíssimo, Yuan Wang viveu calado e trancado, nunca perturbou ninguém. Até decidir perturbar, provocou um cataclismo. De certa forma, ajudei-o a montar o terremoto.

Como se diz por aí: rei morto, rei posto. Bastou o doutor Wang abandonar a reunião e ninguém mais falou nele. As atenções concentraram-se no vaidoso Jing-Quo. Enquanto esperava o elevador, doutor Wang ouviu comentários que lhe acentuaram a corcunda: "podemos", "temos dinheiro", "sobra poder", "o mundo é nosso", e por aí a fora. Arrasado pela colaboração dada àquele bando de alucinados, o outrora incensado biólogo voltou para a Califórnia e se trancou no apartamento novo, disposto a estudar, ler e interagir com os amigos ratinhos, incapazes de maltratar seus semelhantes. Ao menos, os normais, sem a distorção cromossômica que os transformava em CHEMP. Mas os CHEMP são vítimas, o instinto os obriga a importunar. Doutor Wang não duvidava que o grande desastre da natureza era a espécie humana, agressiva e violenta, capaz das maiores torpezas caso a interessasse. Inclusive inventara leis, tentando disciplinar seus instintos predadores. O único bicho da fauna que se achava perigoso a ponto de criar penalidades para punir a si mesmo. Haja amor e disciplina para viver entre eles, suspirava o doutor Wang.

Jing-Quo passou uns meses em Chicago para melhor assessorar a North&Brothers na manobra macabra de tratar as pessoas à revelia. Os acertos finais do ataque demoraram algum tempo: corromper a polícia, contratar psiquiatras, melar o judiciário, providências corriqueiras para quem naufraga em dólares. Vendo os dias passarem, Yuan Wang acreditou que nada lhe acontecera, além de um pesadelo. Até uma manhã de domingo, fresca e clara, em que Kuan Tsong entrou em seus aposentos e, silenciosamente, mostrou-lhe a manchete do *New York Times* anunciando a criação de *call centers* nos cinco continentes. Prontos e inaugurados para receber denúncias anônimas dos chatos e suas chatices. Do resto, afirmava a reportagem, a North& Brothers cuidaria.

A reação do doutor Wang assustou Tsong. Em lágrimas — a idade o fragilizara, confessou entre soluços —, lamentou o próprio talento, que enriquecera a North-&Brothers, senhora autoritária da Terra e seus habitantes. A fortuna que corrompia governos, países, ministérios da saúde, polícias, departamentos de fiscalização sanitária, enfim, quem ousasse atrapalhar o caminho da multinacional, brotara na terapia emagrecedora. Ele, Yuan Wang, adubara um monstro. Naquele exato momento, a paz dos homens escoara pelo ralo. Quem dissesse um mal dito, agisse algum feito torto, tropeçasse o passo errado, corria o sério risco de acabar denunciado e tratado à força bruta. Encolhido na poltrona, com os ratinhos assustados aninhados no peito, o famoso doutor Wang simbolizava a derrota. Kuan Tsong comoveu-se, madame Tsong trouxe-lhe um chá, o outrora filho gordo — agora, esbelto e rico herdeiro, engenheiro diplomado, cérebro das tinturarias — tranquilizou o sábio entristecido:

— Acalme-se, doutor Wang. Vivemos no Primeiríssimo Mundo, onde existe liberdade. O senhor se aflige sem motivo.

Enganou-se o herdeiro. Em menos de uma semana, os *call centers* receberam milhões de denúncias. Os acusados, após passarem por uma avaliação *pro forma* de psiquiatras pagos a peso de ouro, engoliam o medicamento, mesmo necessitando engoli-lo amarrado. Aconteceu de um tudo: filhos entregando os pais, casais se acusando, vizinhos aproveitando para vingar-se de um dolo, amantes vociferando, irmão atacando irmão. Por fim, religiosos dedurando religiosos e psiquiatras maldizendo psiquiatras. Todos tomaram a pílula. Previsivelmente, a maioria se modificou, transmutou-se em outra pessoa: calmos, cordatos, calados. Os denunciados à toa, não sofrentes de nucleotídeos aglomerados, impedindo a existência da hidroxilia etc. etc. e tal, sobreviveram, amargando, a duras penas, a violência sofrida. Em pouco tempo, eles procuraram o doutor Wang exigindo explicações.

Urbi et Orbe desagregou-se o convívio, desmantelaram-se clãs, famílias se esfacelaram. Corporações produtivas chafurdaram na falência. Religiões naufragaram, 100% de seus líderes pertenciam à categoria CHEMP. Os rebanhos atarantados viram-se sem os pastores. As festas perderam a graça, pois os CHEMP rareavam para refazer os grupos. A música quase sumiu, os ensaios irritavam. Maestros e musicistas deglutiram, à porrada, o produto indesejado. Felizmente, raros se revelaram CHEMP e a beleza dos acordes reviveu em esconderijos.

As mães se descabelaram. Não sobrou um exemplar sem indicação dos filhos para tomar dose dupla da mezinha milagrosa. Alguns herdeiros não escaparam de destino semelhante. As guerras, sumidas após o embelezamento mundial, voltaram a estourar. Assustados com os *call centers*, com as patrulhas rondando, acossadas e humilhadas pelas equipes antichatice, as pessoas reagiram. Voltaram a invadir países, a disparar torpedos, a explodir qualquer coisa desde que a emoção de matar lhes diluísse o medo. O cotidiano murchou. Tornou-se pálido e frio, povoado por zumbis. Magros, mas zumbis. Ninguém falava nada, temendo o tratamento. Cidades emudeceram, o trânsito melhorou, acabou a vida noturna, fecharam-se os cinemas, o povo andava quieto, sempre olhando para o chão. Igual à época da Terapia do Emagrecimento, o mundo parou e mudou. Dessa vez, para pior.

Permitam-me novo aparte: confesso, sinceramente, meu apoio aos jornalistas. Coitados, 100% enfrentaram o remédio enfiado na goela, miligramas reforçados até eles se calarem. Aí, a vida murchou, nem jornal nos distraía. A TV nos embotava com desenhos animados e seriados simples: *Como dormem as ovelhas, Nadando com tubarões, A elegância das orcas*. Sinceramente? Chatices... Mas mantive a discrição, desisti de reclamar, e se me descobrissem? Volta e meia, notava que um dos televisivos esbarrara em Jing-Quo, pois os programas mudavam. Iniciava-se a época de *O florescer das orquídeas, O acordar das florestas* e, o extremo horror: *Preservem a vegetação*. Nos diários, as manchetes estampavam notícias calmas: receitas de gelatina, *Do yourself o seu bonzai*, versos líricos de autores que omitiam o amor, pois amor é encrenca, nele transbordam chatos. A única exceção ao tom monocórdio da imprensa acontecia quando, respeitando uma decisão do próprio laboratório, publicavam-se os balancetes da North&Brothers Drugs and Health. Um acinte, um escárnio. Às custas do sofrimento humano, a North-&Brothers tornara-se a mais poderosa empresa do universo. De tanto escoar e vender o *kit* antichatice, seu lucro, uma exorbitância, ultrapassava o PIB de vários países ricos. Nesse dia, eu me vingava. Esperava os vizinhos se trancarem para dormir e usava os jornais vocês sabem para quê. Vingança tola, eu sei. Mas, ao menos, me vingava.

De longe, em minha praia, senti a transformação. Dia a dia, as gentes entristeciam. Talvez pareça exagero, mas a primavera chegou, e, com ela, flores tímidas. A natureza sentiu o retraimento humano. Nessa época, deparei-me, por acaso, com o casal Kuan Tsong passeando na cidade onde me refugiara. Tentei desviar-me do encontro, mas não deu para escapar. Madame Tsong, xereta, gritou alegre o meu nome. Sem jeito, tratei de enfrentá-los. Nem cumprimentei os dois, logo lhes implorei que não contassem a Wang onde eu me escondia. Não omiti detalhes, como é parte de meu jeito. Expliquei explicadinho, até Tsong calar-me:

— Você continua o mesmo, como escapou das patrulhas?

— Senhor Tsong, por favor, esqueça que me viu, não quero modificar-me. Por favor, não destrua a minha vida...

Delicada, madame Tsong segurou-me pelo braço. Seus olhos amendoados marejavam de tristeza:

— *Mister* Cheng, tranquilize-se. O nosso amigo Wang começará um trabalho para consertar o mundo. Ele se entristece com o discurso autoritário que nos machuca e destrói. Nem se lhe contássemos o seu segredo, ele se interessaria. Só planeja anular o tratamento que ele mesmo inventou. Este é um regime de horror, que destrói a liberdade, pior que o macartismo. Mas doutor Wang, o gênio, nos livrará da encrenca.

Kuan Tsong pegou carona no discurso da mulher:

— Os chatos, de tão chatos, revelaram-se invencíveis. Não há cura para eles. No fundo, senhor Cheng, assistimos a uma epidemia de lobotomia genética. Não há registro histórico de época tão violenta. Sei que a venceremos, mas, pelos séculos dos séculos, os chatos continuarão chatíssimos. Sendo tão resistentes, diz o nosso doutor Wang, é preferível esquecê-los. O senhor não imagina a tristeza de Yuan Wang com essa nova caça às bruxas.

Ouvindo os Tsong, senti pena de Wang. Calculei com os meus botões que lhe passaram a perna. Ele tentou se dar bem — os milhões acumulados com o cromossomo 16 soaram insuficientes — e acabou se metendo em briga de cachorro grande. Doutor Wang se ferrou, Jing-Quo, mais esperto, colocara-o no bolso. É certo, não concordava com o jeito de ministrarem às patadas o remédio da chatice. Mas culpei o doutor Wang. Se não lhe baixassem pruridos de ordem moral e cívica, lucraria igualmente. Pois, sim, que acreditava em Wang. Para variar, chutei o palpite errado...

Guardei os meus comentários, conhecia o afeto do casal Tsong pelo cientista, não podia me arriscar. Mas, sendo verdade a história do antídoto, ganharia a liberdade. Não custava acreditar. Desejei felicidades, ofereci os préstimos e voltei para a casa disposto a me proteger. A conversa com os Tsong expusera-me demais. Precaução inútil. Na manhã seguinte quase desmaiei de susto ao encontrar à porta o próprio doutor Wang, escoltado por Kuan Tsong e o filho executivo das pujantes Lotus Flower, o *must* em tinturarias. Mal consegui controlar-me:

— Traidores, pérfidos, ingratos...

Então, me faltou o ar. Por um triz, não enfartei. Socorreu-me o próprio Wang e, ao declarar-me refeito, impediu-me de falar. Não desejava saber se eu continuava chato, queria apenas pedir-me, já que me oferecera, a ajudá-lo a buscar a fórmula reversora do tratamento. Reagi assustadíssimo:

— Não doarei o meu sangue, não quero me transformar, suma da minha casa. Meu Deus, qual pecado cometi? Não mereço esse castigo, um homem alucinado, que não larga do meu pé...

Enfastiado, doutor Wang interrompeu-me, declarando-me chatíssimo, o que não o interessava. Seu único objetivo, já que eu falava mandarim, era convidar-me para ajudá-lo a construir em segredo um novo laboratório, onde ele desenvolveria o antídoto contra a grosseria reinante. Reticente, mas animado com a proposta de engajar-me no enredo, perguntei-lhe quanto eu lucraria. Doutor Wang não vacilou:

— Se você não me ajudar, ligarei para um *call center* e o entregarei. Vão lhe ministrar a pílula.

Quase não acreditei:

— Chantagem?

— Chantagem — concordou calmamente Yuan Wang, prometendo-me breve retorno à minha rotina tranquila.

Depois, continuou como se nada houvera:

— Faremos uma obra simples, mas preciso de pessoas de confiança para buscar em Chicago, no meu antigo *bunker*, máquinas e reagentes. Você é chinês, não me trairá. Une-nos laços genéticos. Além do mais, passará despercebido na mansão abandonada. Para os norte-americanos, os chineses são iguais. Pensarão que eu voltei.

Perdi a cabeça:

— Presta atenção, doutor Wang, eu não sou chinês. Sou norte-americano há duas gerações. Passei a vida convencendo meio mundo que nasci na Califórnia. Sou tão norte-americano quanto o Superman e o Batman.

Não repita esta tolice, eu sou norte-americano, entendeu bem?

Sábios são insuportáveis, doutor Wang contestou-me:

— Gato que nasce no forno não é biscoito, Cheng. Sua relação com os Estados Unidos da América resume-se ao fato de sua mãe ter dado à luz num hospital de Los Angeles. Apesar de seus pesares, você é mesmo chinês. Basta olhar sua ascendência, seus traços, a sua história. Mas, por favor, decida-se. Você me ajudará ou não?

Tentei me certificar:

— *Call center* ou ajudá-lo?

— Exatamente.

— Ajudarei.

Assim, de um dia para o outro, abandonei meu recanto, onde me escondia de Wang, para ajudar o próprio a erguer um projeto de laboratório. Uma sala pequenina onde caberiam ele, a mínima infraestrutura e nada mais. Bastava ao objetivo, confessou-me o biólogo. Ah, o mundo dá muitas voltas, quem diria que me transformaria no homem de confiança do meu perseguidor? Nem eu mesmo acreditava, mas estava bem ali, ao lado de Yuan Wang, levantando as paredes, escutando-o conversar. Realmente, a vida desconhece certezas. Meu inimigo de ontem e bom amigo de hoje acenava com a ideia de salvador do amanhã. Quem diria...

O filho de Tsong nos orientava, enquanto eu e o doutor Wang encarávamos a empreitada de transformar o solário — os ratinhos concordaram em passear só no quarto, afirmou-me doutor Wang, eu fingi acreditar — num espaço isolado dos olhares curiosos de quem passeava de barco ou voava a baixa altura. Martelando e cimentando, criando dutos elétricos, passando as mãos de tinta, doutor Wang revelou-se um camarada simpático, nem de longe parecia o cientista famoso que modificou o mundo. Jamais o imaginei tão descontraído e simples. Os dias passaram rápido, falávamos de *baseball* e dividimos piadas. Por fim, já me conhecendo, Yuan Wang me revelou existir no mundo inteiro um movimento contrário aos métodos truculentos da North&Brothers. Sigiloso, discreto, subterrâneo, uma montanha de gente lutando na tentativa de devolver o planeta a seu ritmo normal.

Este pessoal procurara doutor Wang e lhe propusera descobrir o avesso da terapia antichatice. Os materiais necessários — reagentes, computadores, microscópios sofisticados, cobaias, enfim, o que o sábio necessitasse — chegariam clandestinamente ao endereço de Tsong, para evitar retaliações por parte da North&Brothers ou mesmo de Jing-Quo que, nesta altura, ignorava onde colocar o excesso de dinheiro. Se antes abusava da prepotência, agora enlouquecera. Voltara para Los Angeles e só se locomovia cercado de seguranças. Parava o carro na rua e obrigava transeuntes a aceitarem o tratamento, que carregava no bolso. Um verdadeiro horror. Vi-o, de longe, um dia, quase não o conheci. Lembrou-me um imperador.

Quando acabou a obra, voei até Illinois e recolhi o indicado na casa abandonada. Uma mansão de cinema, apesar de suja e escura. O ex-casal Wang não a vendera, o *bunker*-laboratório emperrara a transação, doutor Wang o adorava, recusara-se a desmontá-lo. Não entendi, admito. O prédio valia milhões e Wang não se incomodava de viver precariamente no jardim de Kuan Tsong. Naquela altura da vida, não me restavam dúvidas da doideira de Yuan Wang. Se a casa me pertencesse... Mas combatentes obedecem, não se deixam seduzir. Parei de xeretar o imóvel e destranquei o laboratório. Outro cômodo inexplicável. Imenso, máquinas incríveis, tudo empoeirado. Tratei de não pensar. Procurei o bisturi a laser, que abreviava autópsias, preocupação de Yuan Wang. Somente para encontrá-lo viajara a Chicago. Capturei encomenda e voltei à Califórnia, decidido a ajudar e não perder os detalhes que descrevo nesta história.

Entrei numa aventura de mistérios e perigos. Com exceção de Yuan Wang, conhecido em excesso para dar a cara à tapa, Tsong, o filho, eu e alguns desconhecidos solidários à causa rodamos pelo mundo recolhendo donativos. O herdeiro de Tsong viajou à Europa onde armou um esquema de futuros contrabandos. Finalmente, o material requisitado por Wang compôs o laboratório. Então, ele retirou do esconderijo um caderninho preto, onde, segundo disse, anotara cada passo das descobertas. Refaria o caminho, mas andando ao contrário. Explicando claramente: começaria no fim e chegaria ao início. Talvez, revertendo as fórmulas, encontrasse o lenitivo para libertar os chatos. Infelizmen te, alertou-nos, aceitar a convivência com pessoas espaçosas tornara-se o preço exigido para o mundo ser o mundo, como sempre fora antes, desde o início dos tempos.

Após o microdiscurso, trancou-se e iniciou os estudos. Nunca o vi trabalhando, contam que se transformava. Não falava, não bebia, não comia, incorporava um insano. Piorando a situação, a nova empreitada exigia o sacrifício dos amigos ratinhos. Não dos que ele cuidava. Esses, intocáveis, deleitavam-se no conforto da amizade de Wang. Refiro-me aos novos, comprados para os estudos. O tanto que ele sofria, abatendo cada um, medíamos pelos soluços escutados do jardim. Yuan Wang se acabava ao degolá-los: talvez a madre Teresa, talvez Martin Luther King, quem sabe Joana D'Arc? A cada cobaia morta, doutor Wang chorava até esgotar as lágrimas.

No dia seguinte ao início da pesquisa, enquanto eu empacotava a tralha para retornar à minha praia, ocorreu o inesperado. Alguém ligou ao *call center* controlador de Los Angeles e denunciou madame Tsong. Consta que, pela manhã, ela e uma cliente se desentenderam por causa de um vestido. A cliente a acusava por uma mancha na roupa, madame Tsong negava: manchas de gordura não brotam dentro de tinturarias. Discute daqui, discute de lá, a cliente ameaçou-a:

— Conversarei com o *call center*. A senhora é prepotente, insiste em não me escutar.

Conversou e a North&Brothers agiu tão rápido, que impediu Tsong de providenciar um local seguro para a amada esposa. No fim da tarde, menos de 12 horas após o bate-boca, agentes da farmacêutica invadiram-lhe a casa. Diante da família estarrecida — guardas imobilizaram Tsong e o filho, apontando-lhes armas em direção à cabeça —, obrigaram a doce madame Tsong a engolir o remédio. Aos gritos amedrontavam quem ousava protestar. Lamentavelmente, a jovem neta do casal teimou em proteger a avó. Mulher sempre complica nos momentos de brigar, homens conhecem os limites. Mulheres, não. Abusadas, elas perdem a cabeça e acham que esperneando imporão algum respeito. Resultado: atrapalham. A linda e educada *Mrs.* Walker, esposa sacramentada de um norte-americano mais antigo do que eu, também engoliu a droga que a deixou mansinha, incapaz de chatear. O avô e o tio olhavam, horrorizados, o excesso de agressão. Senti-me um capacho, alguém não merecedor de respeito, sequer da cidadania que eu tanto cultuava. Mas controlei-me, pois a família precisaria de ajuda. Impossível descrever o estado de Tsong. Quando os agentes saíram, ele se transtornou. Correu para Yuan Wang, colocou a porta abaixo e se atirou chorando nos braços do grande amigo, o irmão da vida inteira.

Doutor Wang mal acreditou na tragédia. Largou o laboratório, um rato na guilhotina, despencou-se pela escada e acudiu madame Tsong que, por sorte, não era CHEMP, logo se recuperou. Ao contrário da neta querida, chata de quatro costados. Aliás, eu concordava. Caso Jing-Quo perguntasse, eu a entregaria. A linda e sofisticada mocinha, um nojo, andava de nariz empinado, implicando com o marido, com quem vivia às turras. Naquele momento, porém, a coitada, sorridente e imbecilizada, não saía do lugar. Transformara-se em minutos: da mulher metida à besta brotou um mingau aguado. Testemunhei com meus olhos o carinho de Wang pela família adotiva. Amoroso, dedicado, usando palavras doces e gestos delicadíssimos, Yuan Wang amparou madame Tsong, abalada com o ataque e sofrendo pela neta. Sentou-a numa poltrona, serviu-lhe um pouco de chá, passou-lhe a mão na cabeça uma, duas, várias vezes. Depois pediu paciência:

— Por favor, tranquilize-se. Prometo solenemente que a sua netinha linda será a primeira a usar o antídoto. Trabalharei redobrado, não perderei um segundo. Confie em mim.

— Eu confio, Wang. Você sabe que confio.

Enquanto os dois trocavam ideias em voz baixa, na sala ao lado Kuan Tsong berrava que mataria Jing-Quo. Assustados, o filho e *Mister* Walker trancaram portas e janelas para ninguém escutar. Só faltava a patrulha voltar e impingir a fórmula ao patriarca. Devido à comoção — a menina abestalhada e o resto da família rodopiando perdida —, ofereci a Tsong a minha ajuda possível. Cuidaria da tinturaria, organizaria as compras, alimentaria os ratinhos de Yuan Wang, prepararia o almoço, trataria do cachorro... Kuan Tsong me interrompeu:

— Só falta dormir comigo. Metade das funções de minha esposa, você já abocanhou. Sua ajuda é bem-vinda, se não tentar ensinar-nos a como enfrentar o drama.

O filho intercedeu:

— Ele só quer apoiar-nos, papai. Obrigado, *Mr.* Cheng, contamos com o seu auxílio.

Assim, enquanto o clã perdia o brilho — madame Tsong, a alma da família, dedicava-se apenas à neta atarantada e à filha, mãe da vítima, que chorava o dia inteiro —, assumi as funções domésticas. Passava bem sem mulher. Fixa, naturalmente. Sei da importância delas e do gozo que oferecem. Mas damas são mais que prazeres, são a base da família, além de alegria e graça. O pobre Kuan Tsong descobriu-se, de hora para outra, sem as suas grandes flores. A pobre menina Tsong andava de um lado para o outro, calada ou sorrindo, sem notar a angústia causada por sua ausência, enquanto a mãe soluçava e a avó se esforçava em proteger as duas. Kuan Tsong emagreceu a olhos vistos.

Ao saber da novidade, o genro divorciado surgiu de não sei onde e acusou o sogro de expor a filha dele, hospedando na mansão um inimigo do Estado — referia-se a Wang. Custei a acreditar. O Estado que o homem citara, quase separando as sílabas para reforçar-lhe o poder, eram os Estados Unidos, a terra da liberdade, que a North&Brothers transformara em terrível ditadura. Como crer neste absurdo? Custou-nos uma trabalheira convencer o pai aflito a não denunciar Wang, a única esperança de lhe salvar a herdeira.

Vivemos tempos difíceis. Os homens protegiam as mulheres, que protegiam a afetada. O jovem Tsong flagelou-se, inútil em acudir o pai, a sobrinha e a irmã, já que a mãe, graças a Deus, sozinha se aguentou. A nora se esforçou para alegrar a casa, mas conseguiu pouquíssimo, não corria em suas veias o encanto do Oriente, nascera em Delaware. *Mr.* Walker, marido da vítima, arrependeu-se das brigas desnecessárias com a esposa impetuosa, na cama e fora dela. Coube à outra neta, filha do engenheiro, uma adolescente tão bonita quanto a tia, representar a avó no cotidiano partido.

O cartaz apareceu na parede da cozinha, com letrinha infantil, reforçando as determinações de dona da casa:

Normas da vovó e do vovô

— Não brigar à toa
— Não implicar com os irmãos, os primos e o cachorro
— Não furar o bolo com os dedos
— Não tomar sorvete diretamente da embalagem
— Não beber refrigerante no gargalo
— Não colocar os pés no sofá
— Dar descarga no banheiro
— Não deitar com a roupa de rua na cama da vovó
— Os controles da TV e do DVD não pertencem a quem os pegou primeiro
— Não comer toda a calda do pudim, existe mais gente na casa
— Não mexer no Tablet do vovô
— Não maltratar o cachorro
— Não jogar peixes vivos na piscina
— Caranguejos, nem pensar

Atenção: vovó e vovô não têm netos preferidos.

Antes, quando a avó repetia o mantra dos deveres domésticos, os netos se cutucavam, rindo da disciplina. Agora, enquanto ela se ausentava, cuidando das descendentes mais urgentes em carinhos, coube à mocinha esperta relembrar, e a mim fazer cumprir, os mandamentos da casa. Pertence ao jogo-família ansiar pelos limites que conferem segurança e ensejam a bela chance de poder desrespeitá-los. Ou seja, criança enche. E eu às voltas com elas. Todo dia, o dia inteiro. Senti-me a própria avó zelando pela rotina. Graças à madame Tsong e à sua neta valente, a rotina mudou pouco. Novamente, interrompo-me para avisar aos leitores que assumi os meus erros. Precisei viver um susto, uma desgraça completa, para louvar o passado. Sim, sou meio-chinês. Orgulho-me de minhas origens, trago a História no sangue, essência que fortalece. Que o diga a nora de Delaware, náufraga da confusão. Também aprendi a calar-me, vivi a experiência da agressividade máxima. Pensei muito, avaliei-me, comparei-me aos Tsong, exemplos de discrição. Hoje, posso afirmar que conheço os meus limites, pretendo me redimir. Aprendi que falava demais, exagerava em palpites, metia-me na vida alheia, posava de sabe-tudo. Nunca vi meu próprio rabo, só fazia criticar. Acho que pertencia ao gênero de chatos "que nunca levaram porrada". Levei tantas, não as vi. Se as vi, ignorei-as ou acusei alguém pelos meus muitos fracassos. Nossa, eu era chatíssimo. Sempre é tempo de largar a miopia emocional ou de abaixar o farol. Prometi-me parar de destilar verdades ou emitir opiniões sem, antes, me perguntarem. Céus, que brutalidade. Nós, os CHEMP, desesperávamos tanto, que dizimavam famílias no intuito de eliminar-nos.

Kuan Tsong consolou-me quando o procurei e lhe confessei meus erros. Convenceu-me que exagerava. Os motivos subjacentes àquela loucura insana não se resumiam aos chatos. Interesses financeiros motivavam a paranoia. Pior do que a chatice era a falta de caráter, a desumanidade, o egoísmo excessivo, a avidez de lucros, as razões mais verdadeiras de Jing-Quo e da North&Brothers. Os tempos assustavam, mas a humanidade enfrentara piores e o bom-senso vencera. Restava-nos esperar e confiar em Yuan Wang, que trabalhava incansável. Breve nos avisaria a descoberta do antídoto. Aproveitei o momento e perguntei a Tsong se ele não considerava o doutor Wang um pouco culpado pela balbúrdia reinante. Kuan Tsong surpreendeu-me:

— Nem um pouco. Wang tentou impedir a guerra. Se as coisas caminhassem conforme o desejo dele, a Terra seria o paraíso. Sem gordos infelizes e chatos azucrinando. O tiro saiu pela culatra, não é culpa de Wang. Além do mais, senhor Cheng, não posso culpar um amigo tão amigo quanto ele. Muita gente pensa que me aproveitei do dinheiro entrando a rodo. Não o conhecem, nem a mim. Wang sabia de cada centavo que lhe pedi emprestado. Nunca negou-me um tostão. E, quando tentei pagar-lhe, recusou aceitar juros. É generosíssimo. Amo-o como a um irmão.

Não dormi aquela noite, avaliando o afeto que unia os dois estranhos, que se tornaram fraternos. Yuan

Wang e Kuan Tsong tiraram a sorte grande quando o pobre do Wang — moço e enjeitado — decidiu pedir emprego ao tintureiro abonado. A vida deles mudou. Há que se perceber o momento do destino quando ele acena com a sorte. Não sei qual dos dois percebeu. Mas ambos lucraram muito em afeto e em dinheiro.

Assim, correram os meses. A senhorita Tsong — na verdade *Mrs. Walker* — em letargia constante, *Mr. Walker* mal-humorado, Kuan Tsong emagrecendo, o filho se desdobrando, as crianças estressadas, a família acabando, o mundo despedaçado, a North&Brothers ocupando o espaço de Estados nacionais, sucumbidos sem mão de obra, destruída pela terapia. Claro, a patrulha de Jing-Quo acabou se prestando a torpes fins políticos. Após dissolverem toneladas de comprimidos nos reservatórios d'água do Oriente Médio, a região acalmou, ficou mansinha, mansinha. Quem ousou protestar — por exemplo, as indústrias bélicas — também engoliu a pílula. Dizem que as linhas de montagem dos famosos caças Lockheed F-22A Raptor hoje produzem panelas. Não vi, não posso jurar. Mas escutei comentários. Sinceramente, nunca pensei assistir a tamanho descalabro. Mas cumpri a minha parte, tornei-me fiel ao clã Tsong, no qual se incluía o meu outrora inimigo, o doutor Yuan Wang. Também aturei as crianças. O pior do meu trabalho, às vezes sentia ganas de ligar para um *call center*.

Apesar da infelicidade, ninguém jamais cogitou perturbar Yuan Wang, pedindo-lhe pressa ou urgência na produção do antídoto. Confiavam que o faria com a competência de sempre. Respeitavam-lhe o tempo, a necessidade e a loucura. A cada semana, enquanto ele se lavava, beliscava uma fruta e tirava uma soneca — pausa de duas horas, se tanto —, eu e o herdeiro Tsong limpávamos o laboratório e o quarto, infestados de camundongos e impregnado de aroma silvestre com toques de madressilva. Após o pequeno intervalo, doutor Wang voltava ao trabalho. Semana após semana, sempre o mesmo, tudo igual.

Até que, subitamente, mais de um ano depois de a mocinha Tsong se transformar em zumbi — cordata, simples, achando tudo bonito, tudo alegre, tudo bom, céus, que criatura chata... —, Yuan Wang saiu do laboratório com o peso do universo jogado sobre os ombros. Ao vê-lo derrotado, Kuan Tsong empalideceu:

— O que aconteceu?

Num fio de voz, doutor Wang esclareceu que, cansado, adormecera. Apenas algumas horas. Tempo suficiente para os seus camundongos roerem o caderno de anotações, *Vade Mecum* do antídoto. Kuan Tsong levantou-se, com expressão de assombro:

— E agora?

Agora, doutor Wang não sabia. Chegara à reta final, quase a ponto de produzir o remédio que libertaria a Terra da escravidão forçada, faltavam os passos finais:

— Mas como, sem o meu caderno?

Kuan Tsong perdeu a pose. Jogou-se numa poltrona chorando sentidamente:

— E a minha neta, nossa delicada prímula? O que acontecerá com ela? Diga-me, Wang, que faremos?

Yuan Wang se desculpou, lamentou o ocorrido e confessou-se capaz de alcançar os finalmente sem ajuda das anotações. Faltava pouco, pouquíssimo. Mas iria atrasar:

— Não calculei o desastre. Desculpe-me, Tsong, cuidei tanto dos ratinhos...

Arrasado, preparando-se para abandonar a sala, Kuan Tsong endureceu com Wang:

— Lutar contra o autoritarismo, a força e a violência exige a sabedoria de desconfiar de tudo. Sabe-se lá se um dos ratos não é agente de Jing-Quo? Você conhece todos? Um a um? Sei que somam centenas. Milhares, talvez. Quem garante que não infiltraram um rato inimigo em seu quarto? Você me decepcionou, Wang. Tanto tempo trabalhamos, tanto que nós lutamos e um rato nos derrotou.

Largou Wang sozinho, a família abismada e se trancou no quarto. Não respondeu quando o chamei para o jantar. Duas horas mais tarde, o filho, desconfiado, arrombou a fechadura e encontrou o pai morto. Enfarte fulminante, decretou o médico chamado às pressas, impressionadíssimo de esbarrar num Prêmio Nobel com cara de alucinado. As exéquias transcorreram segundo as regras norte-americanas. Dias de expectativa e, logo após o enterro, uma festa animada. Aliás, animadíssima. Obedecendo ao morto, a família contratou uma j*azz band* para alegrar o infortúnio. Contida, madame Tsong comportou-se, derramou as lágrimas regulamentares e encerrou o assunto. Destoando do ambiente, somente o sábio Yuan Wang. Deprimido, arrasado, chorando sem parar, culpando-se pelo ocorrido. Vi quando madame Tsong levou-o à piscina para trocarem ideias, não sei sobre o que falaram. Nem prestei atenção. A banda estimulava, as crianças me chamavam, visitas me perturbavam, convidados gargalhavam, a confusão virou caos. Lembro-me de perguntar-me o que eu fazia ali. Virara empregado doméstico e avô — isso mesmo, avô — de mestiços. Decadência, logo eu, chinês de quatro costados.... Santo Deus, olha a chatice, alertei-me assustado.

Rapidamente, os Tsong recuperaram o ritmo. O filho herdou o lugar de pai, *Mr.* Walker fez as malas e mudou-se, a neta continuou abobada ao lado da mãe soluçante. Yuan Wang voltou ao laboratório e eu atendi ao pedido do novo dono da casa e permaneci na luta. Então, uma frase do novo patriarca revelou-me a verdade que lutara para ocultar. Desde sempre, a vida inteira. O rapaz elogiou-me:

— Você não sabe, mas já pertence à família.

— Claro que sei — respondi, escondendo a emoção.

Eu recusara a minha para cair de amores por outra, desconhecida. Mas rigorosamente igual, bastava olhar a aparência. Falávamos as mesmas línguas, gostávamos dos mesmos gostos, sabíamos as mesmas lendas. Lembrei-me do doutor Wang. Eu só nascera no forno, não chegava a ser biscoito. Ou era, mas só um pouquinho. Talvez biscoito da sorte, meio cá e meio lá. Subitamente descobri o alento que me faltava: sensação de identidade. Não me lembro de, antes, sorrir tão abertamente. Respondi ao jeito antigo, pela voz de meu avô:

— Obrigado, jovem Tsong. Sinto imensa honra que me receba neste clã de união e carinho.

O momento, delicado, acabou interrompido por Yuan Wang. Cansado, mas sorridente. Sem permitir dúvidas sobre a boa novidade:

— Sintetizei o antídoto.

Quase perdi o ar. Yuan Wang ultrapassava a condição de gênio, alcançara a santidade. Manipulava a vida com a leveza dos anjos. Sua mente iluminada inventava qualquer coisa. Não consegui controlar-me:

— Por que o senhor não descobre o genoma da eternidade?

A cadeia cromôssomica do Mickey

A esperada notícia correu célere no mundo misterioso que se opunha à North&Brothers. No fim da noite, a novidade rodara o planeta. Pombos-correio chegaram de lugares próximos — Seattle, por exemplo — implorando ao jovem Tsong que marcasse um encontro para distribuição do remédio. Senti uma onda discreta agitar a residência. Pessoas entravam e saíam, o peso da descoberta trouxe à tona os dissidentes. O engenheiro Tsong, em gesto de fidalguia, convidou-me a participar das reuniões secretas. Aceitei sem vacilar, já que alimentava o sonho — que, aliás, realizo — de narrar a meus leitores o trajeto de Yuan Wang.

Conforme o prometido, caberia à jovem *Mrs.* Walker a primazia na fórmula. Convidaram os cabeças da sedição a testemunhar o milagre. Tentando enganar as patrulhas North&Brothers/Jing-Quo e dar tempo de alguns líderes chegarem de países distantes, a família decidiu esperar uma semana. A mocinha aguardava a salvação há dois anos, um tempinho a mais não faria diferença. A célula principal de resistência, reunida num chá conspiratório na mansão Tsong, considerou conveniente disfarçar o grande dia. Na intenção de evitar que a súbita movimentação despertasse suspeitas, os comandantes resolveram que o clã organizaria uma festa. Os convidados, lógico, seriam os chefes revoltosos, desembarcados em Los Angeles. Alguém argumentou que uma comemoração, tão pouco tempo após a morte do patriarca, chamaria atenção. Não se existir um motivo extraordinário, lembrou a mãe de um jornalista danificado, sugerindo que os dois divorciados da mansão anunciassem o noivado:

— Há oportunidade melhor para abandonar o luto?

Divorciados, na residência, apenas eu e a mãe da vítima. Desesperada para reencontrar a filha, a belíssima sócia da Lotus Flower — com a morte de Kuan Tsong, repartiram-se as ações — não se importou em posar de apaixonada por um chinês da terceira idade, que cuidava de crianças. Eu, sim, flagrei-me aflito. Perdera o controle da minha vida e, após virar babá, acabara promovido a noivo da rica herdeira. Onde iria parar? Aceitei a missão sem me queixar. Sinceramente, não pareceu desagradável fingir-me de quase marido da linda e esbelta filha de madame Tsong. Com a nossa nupcial anuência, os insurgentes determinaram aos Tsong que abrissem portas e janelas, preparasse um jantar nababesco, com direito a música ao vivo. Comprei um terno de grife, minha falsa sogra organizou o cerimonial, a noiva de mentirinha enfeitou-se, enfarpelaram as crianças. Enfim, criou-se o clima perfeito, incapaz de despertar a curiosidade alheia. No dia da efeméride, enviei rosas vermelhas à futura esposa, gesto causador de espanto. Madame Tsong alertou-me:

— Não precisa exagerar, é só encenação.

Encenação ou não, o ágape foi um sucesso, apesar de algum desânimo. Não existiam chatos para dissolver os grupos, criando novas rodinhas de alegre bate-papo. A conversa acabou antes do esperado. Lembrei-me do doutor Wang e de sua teoria sobre a função social dos CHEMP. O gênio não se enganara, comemoração sem eles perdia a animação. Ainda mais num noivado fajuto, onde ninguém se conhecia. Os estranhos, ar misterioso, esforçaram-se em aparentar naturalidade, mas não dividiam interesses além da fórmula do doutor Wang. Assunto proibidíssimo, assim como incomodar o gênio escondido num canto, observando os presentes. Ordens do jovem Tsong, explicando que aprendera a lição no passamento do pai: não desprezava a hipótese da infiltração de ratos, o comportamento discreto garantia a revolução.

Enfim, entre mil e um cuidados, serviu-se a lauta refeição, após o qual me incumbiram de, publicamente, pedir a mão da nervosíssima nubente. Ela não ignorava que, durante a troca de alianças, num outro cômodo, sua filha tomaria a nova medicação. Admito: montaram esse circo para distrair o público. Todos se encantam com noivas, ainda mais se são belas, milionárias e escolheram para amar um sujeito estropiado. Ninguém entendeu nosso amor extravagante. Mas a malta queria ver-me oferecer o anel emprestado por madame Tsong. Um diamante perfeito, branco, puro, imenso, bem lapidado, que arrancou *ais* e *uis* das damas. A prometida colocou no dedo uma Mercedes conversível E 350 cavalos de potência. Meu sonho de consumo.

O que passo a narrar não assisti, me contaram. Sempre amparada no tio, cercada pelos caciques do movimento, a neta de Kuan Tsong aguardava o doutor Wang, que correra até o quarto para buscar o antídoto. Decepcionando os presentes desejosos de uma pílula, Yuan Wang reapareceu com uma garrafa. Contrariadas, vozes se levantaram:

— Um xarope? Como vamos transportá-lo, distribuí-lo, enviá-lo ao exterior? Por que o senhor não caprichou num comprimido? Líquido de pouco adianta...

Zangado, doutor Wang reagiu:

— Isso é melhor do que nada. Se não gostaram, comecem a pesquisar. Não é fácil, garanto. Claro que seguirei com o trabalho. Mas já poderemos salvar ao menos os nossos vizinhos.

Assim resgatou-se a ex-senhora Walker ou senhorita Tsong, por decisão do juiz que assinou o divórcio, o marido se cansara de sua bobeira extrema. A jovem tomou a poção — meia xícara de chá —, armou cara de enjoada e adormeceu. Horas de tensão para doutor Wang, o clã e as dezenas de assistentes, torcedores do sucesso da poção. Quase amanhecendo — os vizinhos estranhando a alegre algazarra na discreta mansão —, a mocinha despertou igual crescera: os mesmos olhos

brilhantes, jeito desafiador, os vícios de muitos mimos. Um suplício acalmá-la. De chofre, a menina Tsong enfrentou a tragédia de meses e meses perdidos, além da morte do avô e o sumiço do marido. Atônita com o que lhe acontecera — a avó tentava explicar —, *Miss* Tsong descontrolou-se alguns decibéis acima do desejável:
— Quero a minha mãe...
O tio desnorteou, nem médico podiam chamar para não correrem o risco de a notícia vazar. Sem solução à vista, resolveram convocar-nos. A mim e à falsa noiva, que mal se mantinha em pé de tanta ansiedade. Precisei equilibrá-la, amparando-a na cintura. Apesar do mau momento, sofri de bons pensamentos, bem que gostaria de casar com tal beleza. Meu corpo sinalizou e eu morri de vergonha. Noivinho inconveniente, velho, pobre e tarado. Se aquele era o momento de o meu mastro arribar? Tem gente — refiro-me a mim — que só apanhando.
Nem agarrada à mãe a jovem Tsong sossegou, continuou gritando. O tio interferiu e, na intenção de amansá-la, deu-lhe duas bofetadas. A menina murchou, os irmãos se engalfinharam. Perdido no papel de noivo, não soube me comportar. Temendo passar por bobo ante a turma estranha, eu me envolvi na briga e levei um passa-fora. Yuan Wang, à parte, fez ar de desentendido.
Na verdade, a jovem neta Tsong sinalizou o problema que ocorreria com todos os chatos CHEMP que retornassem das trevas. A garrafada piorava-lhe os sintomas, tornava-os mais chatos, impossíveis de aturar. A primeira resgatada voltou em quase histeria. Assustando os assistentes, com ar de exorcizada, ela soltou-se do

tio e avançou contra Wang, acusando-o da tragédia que lhe destruíra a vida:

— Marido, eu arrumo outro. Mas meu avô e meu tempo, perdi-os sem complacência, nunca recuperarei. Por que fez isso comigo? Por quê?

Yuan Wang se encolheu, entendeu a extensão do problema que enfrentava. A julgar pela jovem Tsong, ressuscitar os CHEMP seria tarefa hercúlea. Ou quase. Muitos no planeta entrariam em transe, berrando e armando escândalos. Evidente que a barafunda chamaria a atenção dos asseclas de Jing-Quo, que desvendariam a trama. Os líderes da resistência também entenderam o drama e marcaram novo encontro, dali a oito dias, longe da Califórnia, para distrair o inimigo. O *meeting* discutiria o futuro, já que a mezinha de Wang provocava embaraços impossíveis de ocultar. Marcaram um ponto na Flórida, transbordante de turistas. Mesclados aos estrangeiros, a chance de os revoltosos passarem incólumes crescia exponencialmente.

O herdeiro Tsong e seus companheiros destrincharam a estratégia de, discretamente, viajarem a Orlando. *Miss* Tsong não iria, para consumo público permanecia bobona. Liberaram o doutor Wang, desde que viajasse comigo. Ambos falaríamos mandarim e ele me apresentaria como um biólogo chinês, que sonhava em conhecer o Mickey, um rato extraordinário, suas cadeias cromossômicas remetiam ao intergaláctico. Cada qual pensou num truque. Os membros do movimento residentes na Califórnia elaboraram projetos para levar as garrafas e entregar aos outros. Achei tudo precaríssimo, um golpe de opereta. Juro, não era mais chato. Emitir opinião, desde que embasada, não constitui um delito. Apenas imaginei se aquele bando de despreparados driblaria a polícia, o FBI e a CIA. Honrando a tradição de os clãs se apoiarem, embarquei contrariado, mas embarquei. Distingui minha família. Os Tsong me respeitavam, assim eu os trataria. Mas entrei no avião aborrecido com Yuan Wang. Pelo jeito, ele vencera. Claro que me prenderiam, me empurrariam o remédio, me tornariam um paspalho, destino do qual fugi sem permitir-me um deslize. Aliás, aqui entre nós, por que, no início dos *call centers*, Jing-Quo não enfiou uma pílula na garganta de Wang? Por que o largou livre? Medo? Respeito? Afinal, um Prêmio Nobel não surge, de um dia para o outro, completamente falhado. A fama é protetora, doutor Wang aprontava. Até nas coisas mais simples, ninguém o contrariava. Imaginem, viajei com três ratinhos. Não ousaram proibir o embarque dos roedores, os amores de Yuan Wang. Céus, nem queria imaginar-me dormindo com os nojentos...

Reunimo-nos em brinquedos, em filas e em lanchonetes. À nossa volta, um povo magro, lindo e, graças à Terapia da Chatice, com atitudes discretas. Parecia um planeta de apalermados. A maioria se comportava com a silenciosa elegância de príncipes europeus. Inclusive os brasileiros, assíduos naqueles parques e famosos pelo exibicionismo. Não escutei um uivando, andavam comportadíssimos. Não me senti na Disney. Senti-me em Buckingham, salão nobre da rainha.

Jamais saberei dizer como o encontro não fracassou. Mais de cinquenta homens e mulheres discutiram acaloradamente a melhor maneira de espalhar o antídoto. Sem nenhuma experiência em levantes, o representante suíço carregou a própria mãe para beber, *in loco*, o milagre de Yuan Wang. A senhora, distintíssima, ao sentir-se liberada perdeu o controle. Colocaram-na numa montanha-russa de guinadas radicais para disfarçar o alarido. Enfim, não posso compreender como um monte de idiotas, posando de guerrilheiros, conseguiu safar-se. Após dois ou três dias de confusão e balbúrdia, retornamos para casa e, até onde sei, sem nenhuma decisão. Yuan Wang entrou direto no laboratório para sofisticar o remédio. Transformá-lo numa pílula, pó, drágeas, algo mais transportável.

Neste momento ocorreram dois fatos interessantes, não deixarei de narrá-los. Primeiro, a constante irritação da neta ressuscitada. De acordo com a mãe, ela voltara pior. Mais implicante e abusada, mais metida e orgulhosa, mais sabichona e xereta. Brigava com a família desde a hora em que acordava. Claro, o clã se preocupou. Doutor Wang, consultado, diagnosticou estresse pós-traumático. Não se interessou demais, somente anunciou que o tempo resolveria:

— Ninguém passa por uma experiência dramática sem se machucar muitíssimo. Breve, ela acalmará.

Outro fato importante foi a decisão de Yuan Wang: distribuir o produto em forma de aerossol. O jovem Tsong discordou. Quem regularia a mistura com o gás propelente? Quem administraria empreitada tão perigosa? Se transportar o líquido parecia difícil, deslocar aerossol configurava o impossível. Mas doutor Wang pediu calma. Dedicava-se, no momento, a equilibrar a concentração dos componentes. Depois, incluiria o gás e o testaria à toa, pelas ruas de Los Angeles:

— Colocaremos algumas latas entre os *sprays* contra insetos, à venda nos supermercados. Uma aqui, outra acolá. Inocentes nos ajudarão, espalhando o nosso trabalho.

Madame Tsong apoiou o sábio, a família discutiu e eu, enfim, compreendi que chegara a minha hora de retornar para a praia. O clã superara os momentos difíceis e doutor Wang lapidava a sua fórmula. Não faria falta. Arrumei as tralhas, entreguei meu endereço ao engenheiro — "se precisarem de mim..." —, despedi-me dos Tsong e das crianças adoráveis, às quais me afeiçoara. Agradeci a Yuan Wang as muitas lições de humildade, coragem, generosidade, tudo que qualifica um homem e que ele ensinava nas atitudes diárias. Voltava à minha casa disposto a matar e morrer pelo nobre Yuan Wang, um exemplo de conduta para os chineses e o mundo. Envergonhado, doutor Wang me abraçou:

— Sou-lhe grato, Zhan Cheng. Sem a sua preciosa ajuda, não alcançaria nada. Aliás, sem a ajuda de ninguém. Você consegue imaginar o que eu faria na vida sem o apoio dos Tsong?

Sério, senti saudades. O mundo continuava na imensa pasmaceira de tristeza e de silêncio. Observava, pensando "apenas por pouco tempo". Voltei a andar ao alvorecer, a deitar-me muito cedo, o coração pesaroso, nostálgico da alegria confusa que unia os Tsong. O clã era feliz, amava-se sem neuroses, consequência, acredito, da energia positiva da matriarca, nunca a vi malhumorada. Lembrei-me dos meus herdeiros espalhados pela América, cada qual no seu distante, não crendo na existência de um nada a nos ligar, nem sequer o ralo sangue, desimportante demais. Santo Deus, o quanto errei e o quanto pagava. Sentia saudades deles, pudesse voltar no tempo...

A vida não me esperou, continuou galopando. Eu caminhando sozinho, doutor Wang aprimorando o aerossol, os rebeldes cochichando, tentando exterminar o *modus operandi* da North&Brothers. Tudo seguia na santa paz quando, subitamente, apareceram notícias nos jornais e televisões de uma epidemia. As autoridades médicas desandaram a pesquisar os motivos de gente saudável desmaiar e acordar transformada. Agressivas, malcriadas, chatas ao ponto extremo. Meu coração disparou, doutor Wang espalhara o antídoto sem despertar suspeitas. Os sintomas recorrentes nas supostas vítimas, *Miss* Tsong os vivera, eu mesmo testemunhei. Quase não acreditei no novo e espantoso milagre do incrível doutor Wang, ele driblara a North&Brothers e enganara o rival, o insidioso Jing-Quo. Mais tarde, a herdeira Tsong contou-me que, encerrada a fase de testes com o gás propelente, Yuan Wang patenteou o produto, alegando tratar-se de aromatizador de ambientes. Graças a seu prestígio, a North&Brothers insistiu em fabricá-lo. Pela ótica míope da multinacional, tão forte e tão poderosa que esquecera o perigo de uma infiltração de ratos, a Era Wang acabara. O cientista resumia-se a um Nobel domesticado, incapaz de atrapalhar. Com o aval do CEO, pagou-se uma ninharia pelos direitos da nova invenção de Wang. Dinheiro, a empresa sabia, nunca o seduzira.

Com suas maneiras discretas, doutor Wang explicou à diretoria que inventara o *spray* somente para distrair-se, preencher as horas vagas. E chegara ao imprevisto: na fórmula, disfarçado no aroma, existia um componente que levaria os usuários à urgência sexual. Provocaria tesão até nos descalibrados. Uma vaporizada e pronto, o corpo funcionaria. Se a engrenagem teimosa insistisse em falhar, bastaria outro borrifo. A multinacional vibrou. O chinezinho corcunda, que lhe abarrotara os cofres, surgira com novo milagre: um Viagra inalável, sem danos colaterais. Afinal, murmuraram entre si os executivos após sacramentarem o contrato que lhes concedia a patente, Wang não inventaria uma coisinha qualquer. O *spray* assinado por ele levava o *status* do gênio: um remédio desejado por bilhões de machos tristes, viciados em emperrar. Maravilha disfarçada num rótulo de desinfetante. Havia algo melhor? Graças à North&Brothers, os frustrados comprariam a salvação da lavoura no supermercado da esquina. Sucesso garantido e lucro mais duradouro do que o já alcançado com as Terapias de Emagrecimento e a Antichatice, somadas. Cuidava de um problema que jamais teria cura, somente um breve intervalo até o momento mágico da próxima inalação. Dinheiro, muito dinheiro. Doutor Wang, um porreta, só exibia um defeito: mania de honestidade. Vivia noutro planeta, mas quando desencantava...

A fabricação da novidade, em quantidades absurdas, começou imediatamente. Antes de o primeiro estoque sair das fábricas, centenas de países solicitaram remessas. Jing-Quo se aborreceu. Não esperava o renascimento do colega, desconfiou da novidade. Pediu para analisá-la. Nada encontrando de estranho, liberou-a a contragosto. Mas se manteve atento, conhecia o doutor Wang. O homem estudava biologia, química, o diabo a quatro desde a primeira infância. Para armar uma falseta...

Mal a epidemia começou, Jing-Quo ligou-a ao *spray*. Discretamente, pressionou a FDA, que considerou acertado retirar o aerossol do mercado. A própria North&Brothers, proprietária do mundo, aplaudiu a decisão. Agradecida a Jing-Quo pelo *lobby* eficiente, depositou-lhe um agrado de milhões de dólares. Depois, tranquilamente, abasteceu o pujante mercado negro. Com o *spray* vendido às escondidas, o preço triplicou. Sem o peso dos impostos, os lucros se empilharam. Nem um guarda-livros louco somaria tantos zeros.

Na disputa entre os biólogos, a North&Brothers lucrou o inimaginável. Bastava alimentar o comércio paralelo e, depois, enviar as patrulhas para obrigar os chatos a se tratar novamente. Alguns conseguiram escapar. Fugiram para os desertos, para as montanhas Rochosas, os altiplanos andinos, ilha de Madagascar, chapada dos Veadeiros. Outros, coitados, reabobalharam. A guerra entre as facções durou mais de um ano, com a participação de Jing-Quo, informado pela multinacional de que ele, gênio da raça, decifrara a charada. Sem dúvidas, o *spray* de Yuan Wang revertia o tratamento antichatice. Mas se o Nobel pensara que lhes passara a perna, coitado, ainda não aprendera com quem estava lidando. O incorruptível doutor Wang fornecera o motivo para renovadas montanhas de dinheiro se acumularem nas reservas de Jing-Quo e da North&Brothers. Enquanto o *spray* desfazia, os Vigilantes da Ordem reaplicavam a pílula. Sem entender coisa alguma, o povão, felicíssimo, se acreditava curado do castigo da impotência. Com apelo tão incrível, a multinacional e Jing-Quo lucraram uma aberração, nem os *sheiks* do petróleo esbanjavam tal riqueza.

Dedicava os meus dias a assistir à televisão. Pela terceira vez, testemunhei o planeta balançar graças ao engenho de Wang — claro, não atentei para a armação da North&Brothers, lucrando nos bastidores. Onde se imaginar, pululavam adoentados: Hungria, Bolívia, Cingapura, Nigéria. Não escapou um continente. A gritaria de quem acordava assustava os repórteres — será que sentiam dor? Doutores manifestaram-se, filósofos questionaram, pastores e padres externaram palpites celestiais. Inclusive um presbítero, de seita desconhecida, garantiu sua certeza de que o dedo do diabo morava na pestilência:

— A humanidade precisa de um exorcismo gigante.

Enfim, outro caos. Até a Organização Mundial da Saúde enfiou-se na contenda e convocou o Centro de Vigilância Epidemiológica, Atlanta, Geórgia, Estados

Unidos da América, para desvendar o mistério. Vírus? Fungos? Bactérias? Algum elemento do espaço? Ninguém descobria nada. Sozinho, catando as notícias, imaginava a alegria, vibração do doutor Wang. Admirei-o ainda mais, somente um gênio extremado armaria tal barafunda sem ninguém desconfiar. É preciso que se diga que, por efeito placebo, aconteceram estupros, lado negro da história. Muita gente acreditou na versão afrodisíaca da invenção de Yuan Wang. Milhões de danificados voltaram à boa forma, senhoras fora de uso sentiram ardentes furores. O mundo se alegrou. Realmente, doutor Wang nascera com o destino de embaralhar o acertado. Manipulava a Terra quando lhe dava na telha. Acreditei firmemente que milhões de CHEMP subitamente salvaram-se, bilhões de impotentes e frígidas reencontraram a paz. Bastava olhar em volta, só enxergava sorrisos. Magros e potentes os humanos destilavam autoconfiança.

Naquela época, comecei a temer por Yuan Wang. Não me perguntem o motivo, pressentimento é ilógico. Desconfiei do riso irônico de Jing-Quo, gritando numa entrevista que ninguém o enganava. Como quem não quer nada, programei uma viagem a Los Angeles para rever os amigos. Desejava, na verdade, conversar com o doutor Wang, pedir-lhe para sumir com o produto antes de o descobrirem. Eu, um chato completo, conhecia as benesses concedidas por Wang aos CHEMP. Primeiro, ao se recusar a participar do tratamento obrigatório e, depois, inventando o remédio que nos devolvia a personalidade. Implorei cautela ao guru:

— Por favor, doutor Wang, é hora de parar. Jing-Quo o persegue, não lhe dá a menor folga. Temo que o maltrate. Como ficaremos nós sem a sua sapiência?

Yuan Wang riu. Pediu-me para esquecer as preocupações. Ele planejara tudo, detalhe por detalhe. Até aquele momento, nada ocorrera errado:

— É instigante brincar com a vaidade alheia. Adversários costumam se menosprezar. Um considera o outro o perfeito idiota. Eu respeito os meus inimigos, cerco-o de cuidados, acompanho-lhe os passos. Não se preocupe, Cheng. Aprendi com o general Sun Tzu que a maneira correta de atacar os arrogantes é não lhes confrontar de frente. Vou esperá-los em meu posto.

Quem diria, o sábio biólogo, com coração de poeta, também conhecia a arte de guerrear. Impossível não render-se à imensa sabedoria desse homem apaixonante. Abracei-o em lágrimas, oferecendo ajuda. Em tudo que precisasse. Em resposta, ele convidou-me ao chá com a família Tsong.

A belíssima mesa remeteu-me ao passado. Antes de me sentar, cumprimentei os presentes com a curvatura do corpo. Parte de mim é chinesa, raízes das quais me orgulho. Reunimo-nos em paz, madame Tsong comandou a cerimônia. Achei-a abatidíssima. Com certeza tantos sustos minaram-lhe a saúde. Na hora da despedida comentei com o honorável Wang sobre a péssima aparência da viúva Tsong. Ele concordou comigo:

— Ela trabalha demais, quase não dorme.

Mais não disse e não ousei perguntar. Apenas não entendi em que uma viúva rica, avó de meninos grandes, poderia se cansar. Enfim, chineses se esfalfam de vício. Como diria Wang, está no DNA. Poderia reportar-me a um dos filhos Tsong, mas fugi do atrevimento. Recolhi-me à humildade, meu verdadeiro canto. Aprendera muitíssimo durante o intenso tempo que convivi com a família, já não palpitava à toa. Voltei para a minha casa, satisfeito com a visita. Continuei na rotina de acompanhar pela imprensa a ousadia de Yuan Wang, lutando com a North&Brothers dentro do terreno dela.

Enquanto isso, Jing-Quo, mais rico e mais poderoso do que doutor Wang fora, só amargava a tristeza de não poder ultrapassá-lo na beleza da mulher. Madame Quo era um susto. Doutor Quo tentava escondê-la, ao contrário de Wang, que exibia a esposa e até a emprestava. Proeza não alcançada por Quo, ninguém demonstrou interesse em cortejar-lhe a consorte langanhenta. Mas Quo desejava vencer Wang em absolutamente tudo. Compensava a frustração na riqueza inesgotável e na alegria faceira de ludibriar o ex-amigo, fingindo não entender a intenção do aerossol.

Quando a North&Brothers participou que interromperia a produção, chamaria a imprensa, culparia uns pés-rapados pelos *sprays* clandestinos, Jing-Quo, inconformado com a novidade, interpelou a diretoria:

— Por que, se o sistema funciona em discreta perfeição? Não paramos de enriquecer.

O CEO, na espertreza dos CEOs de empresas gigantescas, não titubeou na resposta:

— Por isso mesmo: o sistema funciona em discreta perfeição. Nosso lucro é excessivo e, quando isso acontece, há o perigo de guerras. É melhor nos escondermos. Prudência e caldo de galinha não atrapalham ninguém.

 Coube a Jing-Quo a tarefa de, em cadeia mundial de televisão, ler o comunicado em que a empresa reconhecia os malefícios do produto capaz de devolver ao mundo os seres inoportunos, invasivos, desagradáveis. Enfim, os CHEMP. O texto, redigido por profissionais de marketing, acentuava que, há quase dois anos, sabendo dos tristes efeitos colaterais da invenção de Yuan Wang, a North&Brothers interrompera a fabricação, sem conseguir impedir que laboratórios clandestinos, ávidos de lucro fácil, replicassem a fórmula e a vendessem ilegalmente, provocando danos aos usuários. Porém, a partir daquele instante, as companhias criminosas que insistissem em copiar o veneno — propriedade exclusiva da North&Brothers Drugs and Health — pagariam alto preço. Os mais qualificados advogados do planeta permaneciam atentos para descer o cacete em quem ousasse enfrentar a multinacional que, honrando o seu nome, não permitiria deslizes. Tenho dito, encerrou Jing-Quo com expressão vitoriosa. Afinal, lucrara muito nas costas de Yuan Wang. De quebra, recebera a agradável missão de humilhá-lo ao vivo e em cores.

 Enregelei, o malfadado Jing-Quo derrotara o doutor Wang. Desesperado com o retorno das trevas, viajei a Los Angeles na velocidade máxima. Precisava agrupar-me aos revolucionários, ajudá-los, partir à linha de frente, contribuir de algum jeito para reverter o jogo. Cheguei exatamente no instante em que o jovem Tsong, cercado por um grupo de dissidentes, enfiava doutor Wang no carro na intenção de escondê-lo. Onde, não perguntei. Minha primária vivência nesta história de guerrilha me ensinara que, quanto menos pessoas compartilham um segredo, menos chances existem de o segredo vazar. Pensando bem, não precisei de guerrilhas para aprender o óbvio: segredo, ou ninguém sabe, ou deixa de ser segredo. Voltando ao que interessa, já que o enredo é dramático. Os amigos do doutor Wang agiram na hora certa. Mal o carro saiu, entrou o doutor Jing-Quo comandando uma patrulha. Agindo às patadas, naturalmente. Investi no estilo chinês-bobo-e-velho, responsável pelas damas na ausência de seus homens. Recebi-os efusivamente, curvando-me em exagero:

— Salve, grande Jing-Quo, bem-vindo à casa dos honoráveis Tsong.

Felizmente, não me olharam. O desejo de vingança cegou-os de tal maneira que entraram grosseiramente atrás da pobre *Miss* Tsong, descoberta na adega. Obrigaram-na a beber o remédio, enquanto a mãe protestava e agredia Jing-Quo, homem deveras maldoso:

— Acalme-se, vou poupá-la. Quero vê-la sofrendo o mau destino de sua filha, que tornei tola de novo.

Apesar de revirarem os aposentos, das grosserias e insultos que engoli calado e dos quais não me absolvo, Jing-Quo e os patrulheiros não acharam doutor Wang. Bateram-me e me ameaçaram, desrespeitaram a altiva madame Tsong, que não abaixou a cabeça, nem demonstrou timidez. Uma verdadeira *lady*. Madame Tsong, não CHEMP, podia se dar ao luxo de bancar a corajosa. Eu — ex-chato por disciplina, nascido chato genético — preferi posar de bobo, depois me desculparia. Após muito espicaçar-me para testar se eu reagia, Jing-Quo desistiu. Arrebanhou as crianças, os poucos adultos restantes, obrigou-os à terapia. Depois se despediu, gritando que retornaria. Só ficaria em paz após confrontar Yuan Wang.

Ao voltar à residência, o jovem Tsong encontrou o desastre, quase a família inteira transformada em zumbi. Nem mesmo a sua senhora, a chata de Delaware, escapou da pílula. Quem diria, revelou-se CHEMP, apesar da timidez. O jovem Tsong chorou abraçado à mãe, descobrindo-se sozinho. As lideranças do golpe, assustadas com a reviravolta, sumiram aos tropeções, usando desculpas incríveis: "chegara a hora do lanche", "minha mãe sofreu enfarte", "preciso embarcar para Roma". Não restou um herói para ajudar Tsong a recontar a história. Claro, não me contive:

— Mas em que embaralhada doutor Wang meteu vocês...

Severa, madame Tsong interrompeu-me:

— Não critique doutor Wang, ele irá nos resgatar.

O jovem Tsong já não acreditava na bondade de Yuan Wang, que, fora o emagrecimento, só arrumara encrencas. Mas, em respeito à mãe, preferiu não discordar. Olhou-me dentro dos olhos e pediu-me que ficasse, ajudando-o na lida de controlar a família e proteger o encrenqueiro:

— Você é chinês, Zhan Cheng, compreende o nosso sangue. Por favor, me ajude, permaneça aqui em casa.

— Sim, sou chinês. Ou quase. Não mais discuto este fato. Irei à minha casa, pegarei algumas roupas e logo retornarei. Conte com a minha ajuda.

Não consegui voltar. Para minha surpresa e escândalo do mundo, susto das televisões que não saíram do ar, pânico na humanidade assustada com o evento, naquela madrugada, em operação de guerra, aviões levantaram voo exatamente à mesma hora nos quatro cantos do mundo. Em rasantes, espalharam nuvens de antídoto nas grandes cidades, nos campos, nos desertos, nas savanas, nos mares, ilhas e montanhas. Ninguém sabia informar de onde decolaram, quem pagara o combustível, municiara-os com o antídoto, onde se acoitaram após cumprir a missão de resgate aos CHEMP. Só existia uma certeza; o dedo de Yuan Wang, seu gênio e sua coragem, amparavam a operação.

O cientista chinês conseguira o impossível: dedetizara o planeta.

Operação DDT

O susto das esquadrilhas em formação de combate, espalhando a fumaceira, assustou chatos e não chatos. Muitos ficaram apáticos; outros, em crises nervosas. Poucos se controlaram e tentaram impor a ordem. Os CHEMP recuperados gritavam e se debatiam, berrando inconveniências. Em todos os países, os órgãos oficiais e oficiosos revelaram incompetência para segurar o tranco. Metade das corporações — polícia, corpo de bombeiros, saúde pública, justiça, padres, pastores, exorcistas, Cruz Vermelha e forças armadas — baseava-se nos CHEMP. Ou seja: fora a enorme baixa no número de socorristas, os próprios, recuperados, engrossaram a confusão. Quem devia socorrer viu-se à míngua de socorro, cada qual cuidou de si.

As famílias reagiram conforme os sentimentos. Algumas envolveram os CHEMP no calor de seus afetos, enquanto as incômodas criaturas se recuperavam do transe. Mas houve quem aproveitasse e encerrasse o problema jogando os CHEMP no poço ou lhes cortando as artérias. Não podiam imaginar voltar a conviver com alguém desagradável. Nas primeiras 24 horas, sem entender nada, os governos se perderam. Somente quando os CHEMP começaram a acalmar, conseguiu-se organizar as primeiras providências. Entre elas, garantir auxílio médico aos traumatizados — CHEMP ou não — e reorganizar os ridicularizados serviços de inteligência, que falharam redondamente. Após a dedetização, não se acreditava mais na capacidade deles de prever nova investida.

Previsivelmente, Jing-Quo agiu com violência. Tripudiado diante da humanidade pelo arqui-inimigo, que demonstrou superioridade sem maltratar ninguém — a vaporização terminou sem óbitos —, ele descontou seu desespero voltando a invadir a mansão Tsong. Ainda durante a noite, enquanto os aviões atacavam, Jing-Quo procurou Yuan Wang, disposto a matar e morrer. Não o encontrando — Wang voltara para casa, mas se escondera no forro, entre o telhado e o teto —, o humilhado gênio armou uma carnificina. De sua raiva insana não escapou ninguém. Ou melhor, escapou. E tudo que conto agora, ela quem me contou, a testemunha ocular da tragédia e também do impossível, que eu chamo de milagre. Há quem duvide. Inclusive, eu. Às vezes.

Durante a *blitz,* enfiei-me na cama, morto de medo. No fim da madrugada, a minha falsa noiva — que se tornou verdadeira e com quem eu me casei — bateu-me à porta. Claro, abriguei-a. Acho que a amava. Gostei de cuidar dela, protegê-la, ampará-la, livrá-la de males e sustos. Gostei, principalmente, de poder dormir com ela. Devolveu-me a juventude, a sensação de viver. Não descuidei um segundo da nossa felicidade. A coitada merece, sofreu demasiado. Ainda me lembro de sua chegada no lusco-fusco da aurora. Chamou debilmente o meu nome, mal e mal se anunciou:

— Sou eu, a Lótus.

Num átimo de segundo, pensei na tinturaria. Mas, evidentemente, apesar da alta tecnologia, uma tinturaria não anda, nem me visitaria. Depois, espantei-me. Até aquele momento não conhecia o nome da herdeira de Tsong, que me explicou se chamar Lótus em honra aos negócios do avô:

— Gosto do meu nome. A flor de lótus representa a busca de iluminação. É tudo que necessito, não compreendo mais nada, perdi o rumo. Por favor, ajude-me.

Pensei que o irmão a enviara, cobrando a minha presença. Mas Lótus, tremendo e chorando, negou esta sugestão. Nem conseguia falar, só soluçava e gemia. Recolhi-a em meus braços, meus abraços, minha vida. Juntos, pouco depois, assistimos ao impossível, nem sei como descrever. Nada foi tão intenso, nada tão impactante, além de inacreditável. Mas vi com meus próprios olhos que a terra há de comer. Desmentir-me, não há quem. Sou a grande testemunha da ocorrência fantástica. Junto com Lótus, claro. Juramos nada falar até eu publicar este livro. Agora, coloco-me às ordens da imprensa universal.

Atropelo os assuntos, emociono-me, é difícil recordar. Retorno ao momento importante da aparição de

Lótus completamente aturdida. Recebi-a e me espantei naquela noite de assombros. Após o inesperado — brevemente, contarei —, prestei-lhe os primeiros socorros. Banho, prato de sopa, horas de bom repouso. Depois, enquanto ela se arribava dos eventos desastrosos, começou nosso convívio. Cerimoniosamente, alegremente, apaixonadamente, cúmplices, amigos, parceiros, amantes, cartório. Parece que acertei. Ao contrário da outra núpcia, chata desde o início, essa é o alvorecer. A cada dia, melhora. Lótus é amorosa, boa ouvinte, dedicada, amante apaixonada, tudo que eu desejava e não conseguia alcançar. Aparentemente, apenas eu, chato de quatro costados, lucrei na grande encrenca em que se meteu o mundo.

Tergiverso, novamente, agora assumo a chatice, o perigo acabou. Volto à madrugada em que Lótus procurou-me. O que passo a narrar, ela própria revelou-me. Cheguei a duvidar se não seria delírio, mas o tempo avalizou-a, aconteceu o impensado. Bem, retomei o vício antigo de me explicar em excesso. Resumirei a novela, a história é comprida e repleta de nuances. Espero cumprir o papel e não me enrolar com o enredo, complicado por demais. Quem quiser, acredite. Quem não quiser, conte outra. Mas o fato inegável é que a minha esposa viu.

Lótus se escondeu antes do assalto de Jing-Quo. A filha CHEMP, novamente normalizada, aprontou um escarcéu. Brigou e ofendeu a mãe, recusou-se a acompanhá-la ao fundo falso do armário onde, durante anos, Kuan Tsong escondera os lucros da tinturaria e as joias de madame Tsong. Além de barras de ouro, descobertas por Lótus enquanto a sua família enfrentava o drama. Barras que, aliás, ela ignorou. Hoje, seriam o nosso tesouro, certeza de segurança no *New World* irritadiço, de guerras, explosões e brigas. Distante do mundo magro, invenção do doutor Wang, se é que Wang existiu. Mas a era da esbelteza, eu vi e dou testemunho. Encantou-me em belezas, parecia o paraíso. Todos amavam todos, leves, alegres, ardentes. Sinto saudades demais.

Retornando à tragédia. O compartimento, com paredes reforçadas e proteção antifogo, contava com circuito interno de televisão. Assim, Tsong protegia sua casa da audácia de assaltantes. Assim, minha amada assistiu às cenas horripilantes, que pouco a pouco se diluem. O tempo, santo remédio, cicatriza qualquer dor.

Jing-Quo não se apiedou, procurando Yuan Wang exterminou os Tsong. A primeira, *Miss* Tsong, que, em síndrome pós-CHEMP, desandou a destratá-lo. Jing-Quo entregou a moça às mãos de sua patrulha, que não vacilou: assassinou o estorvo. Vendo a morte da filha, Lótus desmaiou. Acordou não sabe quando, a tempo de acompanhar o fim das imolações: a casa destruída, os parentes chacinados. Uma a uma, as telas exibiam o holocausto. Seu irmão e sua mãe abraçados, a sobrinha junto ao pai. No outro cômodo, a cunhada e mais dois filhos. Espalhados, os empregados. Mortos. Nem o cachorro escapou. Jazia abandonado à porta da cozinha,

Preparando-se para sair do esconderijo e gritar de desespero, Lótus viu, numa das telas, Yuan Wang aparecer. Gozado, disse-me, ele parecia mais alto e muitíssimo mais corcunda. Exibia um sorriso, meio cínico, meio mau, que ela nunca vira antes. Interceptou Jing-Quo no segundo andar da mansão, exatamente no quarto do casal, onde ela se abrigava. Lótus registrou o indecifrável.

Apesar de a raiva impedi-lo de raciocinar, doutor Quo se assustou com a aparência de Wang. Ainda assim avançou, disposto a agredi-lo. Quase sem ar, Lótus testemunhou: com apenas uma das mãos, o outrora magro e fraco Yuan Wang segurou-o, obrigando-o a se ajoelhar. Então, sua voz levantou-se mais forte e ressoante:

— Você não entendeu nada, Jing-Quo?

— Não me dobrarei a você. Sou um biólogo brilhante. Sua vaidade e bondade, sua honestidade excessiva destruíram nosso planeta.

— Eu não destruí o *seu* planeta, pelo contrário, salvei-o. E espanta-me muitíssimo que você, um dos maiores cientistas do século, não tenha descoberto que eu não sou biólogo. Aliás, não sou nada que você conheça. Encare os fatos, nenhum ser humano faria o que fiz. E você acreditou? Convenhamos, Jing-Quo, o que lhe sobra em ciência, falta-lhe em esperteza.

Irritado em demasia para compreender insinuações, Jing-Quo persistiu nas acusações a Wang:

— Não se faça de vítima, olha a bagunça do mundo. Na cura obrigatória dos CHEMP, você foi tão arrogante quanto eu fui, anulando-os. Por acaso, sabe a opinião das famílias? Perguntou a algumas se desejavam a volta daqueles que as infernizavam?

Doutor Wang soltou o braço de Quo e se instalou calmamente na *bergère* de Kuan Tsong, que a viúva conservara no mesmíssimo lugar. Acomodou-se com gosto, cruzou as mãos sobre o peito e armou um sorriso irônico:

— Plano perfeito: endoidar a humanidade. Persegui-o desde quando morava na China, na pele de um maluco. Afinal, comprometi-me a salvar os terráqueos da morte. Precisava inventar alguma coisa de exemplar punição. Cumpri meu objetivo. Com sua ajuda, Jing-Quo. Agradeço, penhorado.

O renomado chcfe dos laboratórios da Ucla começou a perceber estranhezas. Levantou-se, respirou fundo e encarou Yuan Wang:

— Quem o ajudou? Como você espalhou o antídoto? Como organizou um *raid* tão preciso? Quem está por trás disso tudo, Wang?

Num salto rápido e ágil, diferente da lerdeza que o caracterizava quando dependia dos Tsong, doutor Wang ficou em pé. Surpreendentemente, tornara-se maior que Jing-Quo. Inacreditável, pensou minha Lótus analisando o entrevero nas TVs de segurança e pelos alto-falantes abertos. Assustada, assustadíssima, ela desconheceu Yuan Wang no deboche da resposta:

— Então o doutor biólogo, especialista em Degradação dos Cromossomos, nunca ouviu falar em fórmula? É apenas um pedaço de papel com palavras rabiscadas. Viaja pelo correio, dentro de um envelope e com um selo comum. Menos de um dólar, baratinho. Eu espalhei milhares sem ninguém desconfiar. E aviões voam, Jing-Quo, é o destino deles. Basta alguém comandá-los. Não me pareceu difícil.

Enlouquecido de raiva, temeroso com o rumo que a conversa tomava, o herói da North&Brothers na guerra contra a chatice perdeu de vez a compostura:

— Você é um chinês de merda, nunca soube pensar grande. Inventou o impossível e, depois, se escondeu, assustado consigo mesmo. Imprestável, sonso, hipócrita. Sempre se fez de bonzinho, mas não vale o que defeca. Você já olhou em volta? Consegue avaliar o quanto a Terra mudou? Piorou enormemente?

Doutor Wang espreguiçou-se. Depois, rodeou o aturdido Jing-Quo em passos curtos e rápidos:

— Fingi direitinho, não é? Anos e anos a fio, ninguém desvendou meu segredo. Eu fui o sábio amoroso, que detestava dinheiro e incensava a esposa, que, aliás, me traía. Uma idiota, coitada. Jamais me preocupei, pertenço a outro plano, traição não nos perturba. Nunca lamentei a dor que a afligiu porque o pequeno Wang não era filho dela. O verdadeiro sumiu, realizo as minhas mágicas. Quer saber? Ming é uma tola. Sequer reparou que o *filho* nasceu sem umbigo. A pista diante dos olhos e a imbecil não viu. Deu-me uma trabalheira no momento da autópsia esconder este segredo...

Apalermado, sem crer no que escutava, Jing-Quo atordoou-se:

— Ela é mãe, perdeu o filho, não se desrespeita essa dor.

— Mãe, coisa nenhuma. Eu banquei o pai transfigurado, dissimulando a alegria da partida do colega, que se fazia de herdeiro, mas não suportou a Terra e voltou antes da hora ao lugar que pertencemos. Ela engoliu a mentira. Aliás, engoliu todas, até meu momento *kitsch* definindo-lhe o sorriso como "gentileza entremeada de pérolas e alvoradas". Céus, quanta cafonice. De Ming, uma ambiciosa, que só pensava em dinheiro, só lamento a ignorância. Imagina, continua no Tibete passando fome e frio para se livrar da culpa. Rio, lembrando-a. Dane-se a gananciosa, recebeu o merecido. Bem, voltando à minha performance. Disfarço direitinho, não é? Até gênio catatônico e protetor de ratinhos consegui representar. Sempre vestido malíssimo e semeando o descrédito. Ninguém crê em malvestidos aqui no planeta Terra. Enquanto me desprezavam, eu destruía vocês, que jamais enxergam longe, limitam-se às aparências. Enfim, merecia outro Nobel, o da empulhação. Enganei a humanidade ao longo de muitos anos. Vocês são grandes paspalhos.

Pálido, assustado com a transfiguração de Yuan Wang, doutor Jing-Quo não cedeu:

— Quem é você, Wang? O que aprontou conosco?

De volta à *bergère*, Yuan Wang pediu a Jing-Quo que sentasse na beirada da cama de casal:

— Isso, relaxe, Jing-Quo, conversaremos com calma. Vou lhe contar uns segredos. Eu manipulei o mundo, vim com esta incumbência. Fingi me esforçar, mas só representei o que me ensinaram. Emagreci as pessoas, podia as ter engordado. E escolhi os chatos, pois eles são imutáveis, sem chance de redenção. Chatos são iguais às baratas, nada os destruirá. Nem explosões atômicas ou eu próprio, O Poder. Agi de caso pensado e não podia falhar, sob pena de a Terra acabar numa explosão. Concordo, o mundo retrocedeu alguns séculos. Mas o dano foi mínimo. Agora, pensem com calma, reconstruam-no em paciência. Até eu chegar aqui, francamente, vocês não passavam de gentinha sem caráter e sem escrúpulos. Um verdadeiro horror.

Ainda um tanto incrédulo, doutor Quo insistiu:

— Quem é você, doutor Wang? Como mudou nosso rumo?

Levantando-se num pulo, Yuan Wang lamentou a destruição da família que o acolhera em carinhos:

— Você é o típico humano, por que matou meus amigos? De raiva? Inveja? Nestas horas, detesto a minha abnegação. Deveria largá-los à sanha das Escrituras. Mas, não, bate uma tristeza, um remorso... No fim, quem pagou a minha bondade foram os Tsong, meus amáveis protetores. E pagaram com a vida, injustiça irreparável. Mas eu o aguardo, Jing-Quo. Ainda o pego na esquina.

Ao som dos rasantes dos aviões, das gritarias nas ruas, com o coração na boca batendo descompassado, Jing-Quo insistiu na pergunta. Não conseguia pensar, não queria demonstrar que desmaiava de medo:

— Responda, quem é você? Como transformou o mundo?

Uma sonora gargalhada — risada forte, de macho, o contrário de Yuan Wang, sempre um coitadinho —, e o estranho explicou:

— Como reverti os chatos? Você, famoso biólogo, já ouviu falar no elemento disprósio? Sabe o seu número atômico? Eu consegui modificá-lo — eu não, lá, os Outros, que não moram por aqui — e colocá-lo no antídoto. Disseram-me não ser venenoso, mas endoidou os humanos. Pois bem, escolhemos o disprósio para a minha identidade. Vocês aqui usam números, não é? Eu também tenho um. Mas isso interessa pouco, importante é que alcançamos o intento de penalizar vocês, sem precisar destruí-los.

Atônito, suando, nauseado, o doutor Jing-Quo levantou-se lentamente, quase sem acreditar:

— O número do disprósio na Tabela Periódica é 66. E seis o seu período de imagem. Céus, isso é um pesadelo: 666, o número da besta. Você, Yuan Wang, é a besta. Você é o anticristo, a destruição, a morte...

Nesta altura, a minha Lótus precisou se encostar à parede do abrigo, fugindo de novo desmaio. Jing-Quo, com os olhos arregalados, emudeceu de pavor. Yuan Wang, poderoso, crescera em tamanho e graça. Emitia uma luz. No quarto do casal Tsong, os dois seres representavam a alegoria do mundo. O gênio humano Jing-Quo, pequeno e humilhado, não valia coisa alguma sob o tacão de Yuan Wang. Uma instigante incógnita, mas brilhante e esplendoroso. Embora não soubesse quem, de fato, era Yuan Wang, sua aparência importante resolveu a equação. Tanto esplendor e elegância exigiam reverências. Ante o ar assustado de biólogo da Ucla, doutor Wang endureceu:

— Não, eu não sou a besta. Pelo contrário, impedi-a de vir. Implorei por uma chance para a raça de vocês, um povinho sem-vergonha, não consegue se acertar. De onde eu vim, pediam a pena máxima para o planeta Terra: um fim sangrento e de fogo. Mas empenhei-me e impedi. Salvei-os da morte certa. Dei-lhes um leve castigo, somente os enlouqueci. Céus, este lugar é uma droga, não voltarei nunca mais. Nem eu, nem meus ajudantes. São muitos, creia-me. Veja, acabou o ataque. Os aviões pousaram. Isso significa que eles partiram. Já posso partir também.

Hipnotizado, chorando, Jing-Quo tentou se aproximar de Yuan Wang — Yuan Wang? Como seria o seu nome:

— Quem é você, afinal?

Yuan Wang, displicente, espreguiçou-se, a corcunda estufada, estranhamente tremendo:

— No momento, *sur le coupe*, um chinês alucinado. Quem sabe, um anjo? Um sonho? Vampiro intergaláctico? Delírio esquizoide? Pesadelo? Imaginação? O nada que nunca houve? O Verbo que sempre havia? Um dragão alucinado ou, talvez, o próprio Deus? Pense o que quiser, não faz diferença alguma. O importante é que discordei do Apocalipse marcado para este ano. Você não imagina, Jing-Quo, a Terra, vista de longe, é o mais belo dos planetas, um diamante azul. Briguei para conservá-la. Sugeri castigá-la antes de a dizimarem na convulsão final. Graças a mim, vocês ganharam um tempinho. Quem sabe agora aprumam?

Rodopiando sem rumo, empapado de suor, o coração disparado, Jing-Quo murmurou num fio de voz:

— Você destruiu a minha vida, por que me escolheu?

O estranho Yuan Wang encarou o ex-colega:

— Jing-Quo, começo a desconfiar do seu famoso QI. Não é possível, você não entende nada. Escolhi você porque precisava de um biólogo para avalizar os meus atos. Ou você acha que realizei a experiência dos ratinhos gays? Vim com tudo planejado, só queria aparecer, chegar perto de você. Por isso também me disfarcei de chinês. Não sei nada de cromossomos, proteínas, membranas, nada de biologia, uma ciência fantástica, nela existe divindade e a fagulha da vida. Se não fosse quem eu sou, seria um biólogo. Aliás, pensando bem, acho que sou o biólogo metafísico, tenho a vida em minhas mãos. Mas, respondendo-lhe objetivamente: para circular na Terra só com você ao meu lado. Tudo é muito simples, não entendo o seu drama.

Resfolegando e gemendo, Jing-Quo quase não respirava:

— E os gordos? Os chatos? Por que tanta confusão?

O ex-doutor Wang disfarçou um sorriso:

— Os gordos? Bem, sei o quanto sofrem, ofereci-lhes a chance de se sentirem bonitos. Sou um sentimental. Quanto aos chatos, confesso, não gosto deles: escaparam ao controle na hora da Criação. Resolvi atazaná-los como eles atazanam os amigos e parentes, quem lhes circula ao lado. Dei-lhes uma lição. Mas curá-los, não curei. Ninguém no universo jamais vencerá os chatos, eles são indestrutíveis. Desandaram na panela, nunca consertarão.

Andando devagarzinho em direção à janela, Yuan Wang despediu-se:

— Adeus, Jing-Quo. Agradeça-me a bondade e o castigo quase eterno: entrego-lhe o mundo arrasado, mas ainda respirando. Mas também lhe entrego os chatos, as verdadeiras bestas. Eles são o Apocalipse. *Deo gratias*, estou fora...

Sorriu e num gesto súbito jogou-se pela janela, sua corcunda transformada em esplendorosas asas. Imensas, douradas, ofuscando o luar e cegando Jing-Quo, que, histérico, gritava pendurado no batente:

— Ele voou, Yuan Wang está voando. Meu Deus, ele está voando, igualzinho às baratas, a metáfora dos chatos, nunca desaparecerão.

Gritou até cair morto de espanto e de horror, o corpo junto à cortina, que bailava levemente à brisa da madrugada.

Minha adorada Lótus, respirando afogueada, caiu sentada no chão, odiando o fantasma que lhe destruíra a família. Pagara um alto preço pelo seu corpo de sílfide. Há décadas, Yuan Wang chegara e recebera afeto. Sua moeda de troco fora a maldade e a morte. Sem conseguir pensar, atordoada e aflita, chorando convulsivamente, ela se levantou para fugir da casa onde, até aquela noite, vivera em felicidade. Queria fugir do milagre, do cheiro de cataclismo que lhe revirava as entranhas. Enquanto destravava a porta, um movimento rápido numa das televisões chamou-lhe a atenção. Atordoada, Lótus acompanhou a mãe ressuscitar e despertar a neta. Ambas beijaram a fronte do jovem Tsong morto. Então, abriram as asas e esperaram à janela. Escoaram alguns segundos, o doutor Wang chegou e puxou-as pelas mãos, sorrindo um sorriso doce:

— Vocês trabalharam demais, estavam abatidíssimas. Ser humano não é fácil.

Madame Tsong sorriu, abraçou-se à menina e as duas decolaram. As quatro asas douradas tão lindas quanto as de Wang, somente um pouco menores. Transtornada, Lótus enfim entendeu a placidez materna, seu carinho por Yuan Wang, a esperteza da sobrinha: elas vinham de outro mundo. Emocionada em excesso, desmaiou de novo. Só voltou à consciência no fim da madrugada. Sem rumo e atarantada, correu para junto de mim. A certeza de afeto, amizade e proteção, como me disse em prantos quando lhe abri a porta. O resto, os senhores sabem. Só falta mesmo contar que, assim que Lótus chegou e me contou a doideira que lhes narrei há instantes, eu resolvi acalmá-la com um passeio na praia. Quem sabe a água fria, batendo leve em seus pés, encantado vaivém das ondas à beira-mar, conseguiria trazê-la de volta à realidade?

Então, aconteceu. Caminhávamos em silêncio quando um barulho estranho chamou a nossa atenção. Olhamos e não entendemos. Entendemos e não cremos. Cremos e duvidamos. Minha Lótus desmaiou. Mas eu assisti, atônito, doutor Wang e madame Tsong voejarem à nossa volta. Belos, brilhantes, felizes, com suas asas metálicas cintilando ao sol nascente. Sorridentes, despediram-se. Sorriram, atiraram beijos e, de repente, sumiram em direção ao horizonte. A menina já partira. Não importa em qual esfera, a juventude tem pressa.

Também desmaiei. Acordei junto com Lótus à luz clara da manhã. Nem conseguíamos falar. A coitada me abraçou, trêmula e assustada. Soluçou junto a meu ombro. Acarinhei-lhe os cabelos, acariciei-lhe a face, tranquilizei-lhe a angústia:

— Você não enlouqueceu, aconteceu de verdade. Juro, menina, eu vi.

Leve aroma silvestre
com toques de madressilva

A vida se normaliza lentamente, a Terra ficou horrível. Os chatos estão chatíssimos e as pessoas voltaram a engordar. Nem preciso explicar que a chatice e a gordura são os danos colaterais da dedetização do planeta. Às voltas, outra vez, com excesso de feiura e inconveniência, a humanidade redescobriu a agressividade e a violência. Há guerras por todo lado.

Batalho para crerem em mim, mas há tempos me internaram. Desisti de convencer os psiquiatras de que relato a verdade. Eles me creem louco e eu não posso provar nada. Dizem que não sou casado, não tenho filhos e nunca morei na praia. Dizem até — que loucura — que na Universidade da Califórnia jamais trabalhou um biólogo com o nome de Jing-Quo.

Para completar, segundo eles — claro, são a patrulha, os Vigilantes da Ordem —, eu não nasci em Los Angeles. Mudei-me para a Califórnia para estudar na Ucla. Faculdade de Biologia, turma de 1970. Mas minha cidade é Chicago, meus pais trabalhavam numa pequena fábrica de fraldas geriátricas: North&Brothers' Seniors Health.

Pois, sim, que acredito neles, sei muito bem o que vi.

Minha adorada Lótus, única sobrevivente da chacina ocorrida na mansão, recusa-se a falar. Vive tomando calmantes, traumatizada e infeliz. Durante meses e meses tornei-me o grande suspeito das mortes e do roubo do ouro escondido por *Mr.* Tsong no fundo-falso do armário. Sofri o diabo e, no fim, prenderam a gangue que assaltava ricaços e assassinou os Tsong. Ao menos, me garantiram. Por que preciso crer neles, se eles não creem em mim? Por sorte pude provar que a Lótus me visitou na noite do massacre. Desde que comecei a ajudar a família — além de olhar as crianças, cuidava da jardinagem e do extermínio de pragas —, nós nos tornamos amantes. A polícia me pegou e duvidou do meu álibi, embora acreditasse que larguei a biologia por opção filosófica: detesto matar cobaias.

Jing-Quo treinou direitinho seus agentes violentos. Os médicos injetam-me drogas quando insisto em afirmar que Yuan Wang morava embaixo da escada para relaxar as asas. No cubículo escuro, ele, em segurança, abria-as para dormir.

Não sei quem maltrata mais, se os guardas ou os doutores. Mas ganhei um novo nome, com o qual eu não concordo: psicótico. Prefiria Zhan Cheng. Como afirmo desde sempre, meu nome é Cheng. Zhan Cheng.

Vejam a grande encrenca armada por doutor Wang. Voou todo-poderoso ao lado de *Mrs.* Tsong e eu acabei num buraco. Meu sofrimento é imenso, até choques me aplicam.

O que eles não contavam é que, hoje, arrumando a mala — arrumo-a semanalmente, detesto roupa amassada —, eu encontrei a camisa que vestia naquela madrugada. Desdobrei-a e sacudi. Então, para minha surpresa, voou, ligeira e leve, uma linda pena dourada. Faiscou, maravilhosa, à luz do meu cubículo. Peguei-a e a examinei. Oh, meu Deus, quanta emoção. Não é dourada, é de ouro e brilha incessantemente. Exala aroma silvestre com toques de madressilva, o cheiro do doutor Wang. Com certeza desgarrou-se das asas quando ele as bateu firme para sumir no horizonte.

Acariciei-a entre os dedos, sensação maravilhosa. Despertou-me sentimentos que eu já não recordava: nuvens, vento, sol na areia. Talvez, um sonho de amor.

Guardei-a no bolso da calça, é prova incontestável.

Vou mostrá-la aos doutores, quero ver o que eles dizem...

Angela Dutra de Menezes
Rio de Janeiro, outubro de 2011

Este livro foi composto na tipologia Sabon LT Std,
em corpo 11,5/15,8, e impresso em papel off-white 80g/m²,
no Sistema Cameron da Divisão Gráfica
da Distribuidora Record.